살아가라 하네

살아가라 하네

정복언 수필집

정은출판

따뜻한 시선으로

아직도 당신에겐 가장 좋은 일이 남아 있습니다.

어디서 읽었던 한 문장이 쓰러지는 나를 종종 일으켜 줍니다. 최상의 시간이 아득히 흘러간 줄도 모르고 아둔하게 믿고 있습니다.

늦게라도 수필의 길에 들어선 것은 행운입니다. 글쓰기가 어렵고 재능이 없음을 확인하는 것만으로도 행복하게 느낄 때가 있습니다. 글밭에 들어서면 오감이 살아납니다. 안 보이던 것이 보이고 안 들리던 것이 들릴 때는, 고통의 희열 속에 춤을 춥니다.

나의 주된 사유의 공간은 조그만 마당입니다. 광활한 우주를 생각하면 작디작은 티끌입니다. 그래도 숨을 쉽니다. 바람이 드나들고 햇빛이 윙크하고 달과 별이 살짝 건드리고 사라집니다. 흙덩이는 가슴을 풀어헤치고 온갖 씨앗에 젖을 물립니다. 꽃이 피고 열매가 익습니다.

풀벌레도 돈이 없다며 거저 삽니다. 진솔합니다. 새와 나비와 잠자리까지 날갯짓으로 허공에 수없이 길을 내는 모습은 참으로 신기합니다. 인간인 내가 흉내 낼 수 없는 능력입니다. 그래서 자연에서 신의 숨결을 느끼곤 합니다.

설익은 글을 모아 첫 수필집을 출간합니다. 발표작과 미발표작이 섞여 있습니다. 읽을 때마다 부족한 아이들입니다. 마냥 품에 안을 수만은 없어 밖으로 내보냅니다. 몇 걸음 못 가 풍파에 넘어질지도 모릅니다. 그때 누군가 손을 내밀어 주길 기원합니다.

인연을 맺고 따뜻한 목소리로 힘껏 살아가라고 응원해 주는 모든 분께 감사드리며, 이제 세상을 향해 삶의 메아리를 전합니다.

침묵으로 흐르는 하늘빛이 곱습니다.

2019년 가을
정복언

차 례

2부_ 초록빛 가슴으로

차 례

3부_ 빨간 장미를 죽이다

살아가과 하네

4부 _ 의자의 토설

차 례

5부_ 어둠의 역설

6부_ 하얀 그리움

1부

꽃종이 울다

울지 않을 수 있으랴. 살아 있는 것은, 아니 존재하는 것은 종처럼 몸으로 울어야 한다. 하늘이 울고 땅이 울고 산과 바다가 울고 꽃과 나비가 울며, 소리들이 모여 화음이 되고 종국에는 소실해 침묵이 된다.

푸른 미소

얼마 전 아내가 시골에서 볼일을 마치고 저녁 늦게 플라스틱 모종판 하나를 들고 왔다. 20여 개 월동배추가 올망졸망 푸른 세상을 꿈꾸고 있었다. 아침에 텃밭에 삽질하고 옮기겠단다.

아내의 생체시계는 올빼미형이고, 나는 종달새형이다. 별로 고장이 없다. 이튿날 새벽에 깨어나 컴퓨터를 뒤적이다가 동살보다 먼저 삽을 들었다. 아내를 도우려는 생각과 더불어, 어린 생명을 빨리 흙의 품에 안겨야 마음이 놓일 것 같아서였다.

삽으로 흙을 갈아엎노라니 지렁이들도 보인다. 시비를 안 한 대도, 그럭저럭 푸성귀를 키울 수 있는 지력을 지닌 듯하다. 꽃삽으로 작은 흙덩이를 부수며 적당한 간격으로 배추 모종을 하나하나 심어나갔다.

그런데 움직이던 일손이 멈칫한다. 어느 생명체의 무리에서나 뒤처지는 놈이 있게 마련이듯이, 모종 두 개는 생기를 잃은 채 축 늘어져 있는 게 아닌가. 같은 조건이었을 텐데, 어찌 물을 받아먹지 못하고 버림받았을까. 심을까 버릴까 잠시 망설이다가 이놈들도 정성스레 심었다. 생명은 인간의 영역이 아니라 신의 영역이라는 믿음에서였다.

물뿌리개로 듬뿍 물을 주며 마음을 전했다. '너희들 모두 싱싱하게 살아야 해.'

아침저녁 물을 줄 때면 시든 녀석에게 더욱 신경이 쓰였다. 그래서일까, 이들도 생기를 찾기 시작했다. 사흘이 지나자 모두가 내게 고맙다고 푸르게 인사했다.

고등동물이라는 인간이 생명을 함부로 대할 때면 참으로 안타까운 생각에 빠지곤 한다. 특히 어린 피붙이와 함께 극단적인 길을 선택했다는 소식을 접할 때면, 형언할 수 없는 감정에 휩싸인다. 이보다 더 큰 죄악이 있을까. 제 몸으로 낳았더라도 제 생명이 아니지 않은가.

충실히 살아야 할 뿐, 생명을 세우고 눕히는 건 인간의 몫일 수 없음을 또 한 번 체험했다.

배추가 목말라 하는지 살피러 텃밭을 향하는 발걸음은 늘 가볍다.

아, 생명의 푸른 미소!

(2018)

삶의 생기

"요즘 어떻게 지내?"

"그럭저럭. 사는 게 뭐 별거냐."

오랜만에 허물없는 친구나 동창을 만날 때면 주고받는 인사다. 저마다 제 빛깔로 걷고 있겠지만 인생의 총론은 오십보백보일지 모른다.

고희를 넘어서고 돌아보는 생이란 굉장한 것들이라기보다는 소소한 것들임을 자각하게 된다. 물론 생사를 넘나들기도 하고 고통과 절망의 벽을 두드리기도 하며 묵묵히 질곡의 길을 헤매기도 했을 테다. 그러나 생채기로만 이어지는 삶은 드물다. 굵은 빗속에서도 마음의 햇살을 받을 수 있는 게 인간의 축복이려니 싶다.

4월 초순이면 양지바른 울담 곁에서 소박하게 웃고 있는 모란꽃을 바라보며 생각에 잠기곤 한다. '찬란한 슬픔'으로 봄을 꽃 피운 김영랑은 어떤 모란에 몰입했을까.

크고 화려하여 '꽃 중의 왕'이라 불리며 부귀영화를 상징하는 목단은 다양한 원예종이 재배된다. 여러 해 전 오일장에서 자그만 목단 한 그루 사다 심었었다. 어떤 꽃이 피어날까 무척 궁금했다. 화장기 없는 하얀 꽃잎, 원시의 시간을 간직한 듯 화려함과는 거리가 멀었다. 이웃한 빨간 장미나 노란 후레지아의 농밀한 색채에도 맞댈 수 없다.

몇 년 바라보노라니 매력이 다 빠져 버려 고개를 돌리게 된다. 참된 진리는 현란하지 않고 단순 소박하다는 걸 깨닫지 못함이다. 어쩌랴, 내 시선이 화려함으로 기우는 것을.

며칠 전 봄꽃을 구경하려 오일장을 찾았다. 각양각색의 꽃들이 화사하다. 진선미의 압축판, 그 속에 우열이나 시비가 존재할 수 있으랴. 각자의 기호에 따라 품을 뿐이다.

'와' 하고 탄성을 지를 뻔했다. 샛노란 칼라꽃이 블랙홀처럼 내 마음을 빨아들여서다. 트럼펫을 불어대는 첫인상이 전신으로 흘렀다. 내 뜰에도 칼라꽃이 피지만 흰색이다. 으레 그런 색이려니 생각했는데 인간의 창의성이 놀랍기만 하다. 기꺼이 지갑을 열고 품에 안았다.

과실나무와 꽃나무를 파는 가게에서 목단을 만났다. 봉오리조차 맺지 않은 어린 화목이다. 빨간 겹꽃이 핀다는 주인의 말에 한 그루 사고 시장을 빠져나왔다. 집에 오자마자 정원의 양지바른 곳에 삽질하고 심었다. 넉넉히 물을 주며 잘 가꾸겠노라고 속삭였다. 이로써 내년 봄을 기다리는 설렘 하나 간직하게 됐다. 살아갈 활력이라도 숨겨 놓은 기분이다.

얼마 전 (사)제주바다사랑실천협의회 회원들과 바다 정화 활동을 나갔었다. 가는 길에 짬을 내어 도두봉에 올랐다. 처음으로 섬머리[島頭] 공원 정상에서 사방을 둘러보았다. 짙푸른 망망대해와 도두항이 그림으로 다가왔다. 방향을 바꾸면 멀리서 오름과 한라산이 손을 흔들었다.

그때 스마트폰이 울렸다. 원고를 청탁하는 신문기자의 메시지였다. 응답 중에 '도두봉 정상에 서니 자연이 참 포근합니다.'라고 했더니 '이런 좋은 날씨에 자연 속에 계시다니 부럽습니다.'라고 답장을 보내왔다. 그렇다. 일터에서 삶을 짊어진 사람과 자연 속에서 삶을 누리는 풍경은 사뭇 다를 것이다. 내가 누군가의 부러움의 대상일 줄은 몰랐다.

저녁 시간에 아내와 동네 길을 걷고 돌아오다 이웃에 홀로 사는 할머니와 마주칠 때가 있다. 체구가 작고 인상이 곱다. 안녕하시냐고 인사를 드리면 "둘이 걷는 모습이 참 좋습니다." 하고 응답하신다. 여러 마디 나눈 적은 없다. 팔십 줄에 들어섰을 얼굴인데 말씀이 고상하다. 조그만 마당엔 수선화 후레지아 송죽엽 들을 키우신다. 함께 걷는 우리 모습이 잊힌 시간을 불러내는 것일까, 음색이 애틋하다. 간혹 따님으로 여겨지는 사람이 찾아와 도란거리는 이야기가 길가로 새어나기도 한다. 사연 없는 삶이 어디 있으랴.

그제 아침 버스 정류소에서 있었던 일이다. 한 아저씨가 망사에 무언가를 담고 지나다가 혼잣말을 했다. 관상용 가지인데 방울들이 노랗게 익으면 볼만하다며 키워 길가에 심겠노라 한다. 한 개 주면 안 되겠냐며 용기를 내었더니 마른 열매 세 개나 건네줬다. 횡재한 느낌이었다. 뜰에 심으니 삶의 활력 하나가 또 생겼다.

삶도 시들지 않게 가꿔야 한다. 하고 싶은 일에 몰두하는 것, 기다릴 일을 만드는 것, 이런 것들이 삶의 버팀목이다. 작은 것에도 생기 돋는 아름다움이다.

(2019)

부재 아닌 부재

무슨 살 만한 곳이라고 정체불명이 내 몸에 찾아들었다. 그대로 두면 며칠 살아보고 떠나려니 했는데 그럴 의향이 없는가 보다. 오른쪽 앞 늑골과 맞은편 등허리 부위가 심술을 부리는지 꽤 쓰리다.

어제는 신성일의 별세 소식을 듣고 동네 병원으로 종종걸음을 쳤다. 살고 싶다는 본능이 마음 깊숙이 똬리를 틀고 있음이다. 의사는 청진기로 등허리를 여기저기 대 보고 체온을 잰 후, 열이 좀 있다며 이틀 치 감기약을 처방해 주었다. 맞는 진단이라면 얼마나 좋을까만, 내 귀엔 차도가 없으면 다시 오라는 말이 묵직하게 들렸다.

오늘도 평소처럼 일찍 잠에서 깼으나, 몸이 나른하다. 그래도 하루를 감사하는 마음으로 맞아야 한다. 찬물로 세수하고 나서, 거실 벽의 십자고상을 향해 잠시 기도한다. 세상의 평화와 이웃들의 안녕을 기원하고, 발목 골절로 수술 받은 막내아들의 빠른 쾌유를 청원한다.

커피믹스를 한 잔 타서 손에 들고 뒤란의 서재로 향한다. 가을 끝자락, 냉기가 짙다. 책이나 세간을 보관할 양으로 보일러 설비를 치워 버린 것이 후회스럽다. 가스히터에 불을 켜 온기를 살린다. 컴퓨터를 켜고 신문 몇 군데 둘러보노라니 이내 여섯 시다. 본채의 부엌으로 돌아가 두유 한 팩을 유리잔에 붓고 곡물가루 두어 술 휘저어 아침을 해결한다. 왼손에 한 움큼 담긴 약 방울들을 삼킬 때마다 위와 장에 미안한 생각을 떨칠 수가 없다. 한 몸이니, 어느 시인의 시구처럼 '내가 죽어 네가 산다면' 하고 읊조릴 수도 없지 않은가.

잠시 망설이다가 따뜻하게 옷을 챙겨 입고 장갑까지 끼며 동네 산책길로 향한다. 희뿌연 하늘이 여기저기에 잿빛 물감을 풀어 구름의 정체를 스케치하고 있다. 내 몸처럼 불편한지, 붉은빛 스러진 동살이 마음을 젖게 한다.

골목길을 몇 굽이 지나 한라산 모습이 제일 잘 보이는 길 모롱이에 들어선다. 한라산이 없다. 아찔하다. 내 눈이 흐린 건가, 아니면 내 의식이 휘청거리는 건가. 그 자리에 걸음을 박은 채 보고 또 본다. 확실히 부재다. 안개 낀 날이 아닌데 이런 경우는 처음이다.

한라산은 제주의 뼈대이며 영혼이지 않은가. 찾아오는 이들을 태초의 숨결로 어루만지며 마음을 둥글게 씻어 주고, 멀리서도 사계의 풍경을 드러내어 예술을 싹틔운다. 구름 나그네에게 거처를 제공하고, 거센 바람을 몸으로 막아 주민들의 삶을 돕는다. 한라산이 없다면 이미 제주도가 아닐 것이다.

넘어진 의식을 일으키니 동시에 한라산도 일어선다. 미세 먼지로 인한 연무에 갇혀 보이진 않지만 분명 거기에 있는 거다. 이럴 때는 안심하고 마음에 품어도 된다. 눈으로 볼 수 없는 것은 의식이 그리는 대로 실존하게 마련이다. 바람으로 천의 얼굴을 만들고 사랑으로 만의 얼굴을 빚을 수 있는 것처럼.

집으로 향하는 걸음이 속도를 잃었다. 왜 별난 생각에 잠기는지 모르겠다. 영화계의 별이 진 탓일까. 저기서 죽음이 저벅저벅 나를 향해 다가오고 또 하나의 내가 나의 태도를 응시하는 듯하다. 나는 돌아서서 죽을힘을 다하여 도망치다 뒷덜미를 붙잡혀 끌려갈 것인가, 아니면 웃음 지으며 정인을 맞아들이듯 양팔 벌리고 다가설 것인가. 사실 나도 그게 궁금하다. 분명 그 어느 사이에 있을 텐데.

부재 아닌 부재, 죽음. 내 몸속 외진 실핏줄이나 내 영혼 한 귀퉁이에서 잠시 자고 있을 테지만, 아직은 부재로 놔두려 한다.

내 노을 사월 때면 지나온 삶에 정중하게 인사드리고, 가볍게 경계를 넘고 싶다.

(2018)

해바라기 조화造花

거실 한구석에 수수한 도자기 하나가 놓여 있다. 조그만 주둥이에 몸체는 길쭉한데 바닥보다 상체가 조금 큰 원통형이다. 다갈색과 연두색이 어우러진 표면 곳곳에 상형문자와 불규칙한 도형이 새겨져 있다. 이 도자기를 터전으로, 한 줄기 꽃대가 이울지 않는 세 개의 커다란 꽃을 피웠다.

일전에 식자재와 과일을 사려고 대형 마트로 향하는 아내를 따라갔다. 장을 다 보고 매장을 나오려다 꽃가게로 시선이 쏠렸다. 봄꽃들이 환히 웃고 있었다. 화초와 나무를 좋아하다 보니, 베란다며 뜰은 거의 여백이 없다. 그런데도 참새가 방앗간을 지나치지 못하는 심정이었다. 아내와 상의해서 기어이 해바라기 조화를 데려왔다.

거실이 환해졌다. 해바라기의 함박웃음, 그 웃음 속에 들어있는 삶은 얼마나 청순하고 아름다운가. 나는 생화와 다름없이 만들어낸 장인의 얼을 헤아려 보았다. 생화처럼 시드는 꽃을 만들려고 심혈을 쏟다가, 끝내는 펑펑 울음을 터트렸을…. 나는 나지막이 위로

의 말을 전한다. '여보시오, 신의 영역이랑 건들지 마시오.'

생명 하면 한 컷 영화 장면처럼 스치는 것이 있다. 시골 여학교에 근무할 때 한 여학생이 사소한 가정불화로 제초제를 마셔 버렸다. 병실을 찾았을 때 그녀는 살려달라고 끊임없이 눈물을 흘렸지만, 며칠 후 우리 곁을 떠났다. 그 동기생들이 50대의 여인이 되어 행복한 삶을 가꿔 가는 걸 보면, 얼마나 안타까운지 모른다.

사는 것이 힘들 때면 어머니 말씀을 떠올리며 힘을 북돋우곤 한다.

"사노라면 산이 골짜기가 되고 골짜기가 산이 되는 법이다."

꽃다운 아내를 떠나보냈을 때나 다른 사람의 실수로 한쪽 시력을 잃었을 때, 나는 깊은 수렁에서 얼마나 처절하게 울었던가. 이젠 마음 추스르며 고통의 옹이를 껴안을 수 있는 걸 보면 시간의 마술은 참으로 놀랍기만 하다. 불행 속에서 행복의 조건을 알아차리고, 어둠이 짙을수록 빛이 더 밝아지는 이치를 살면서 터득하게 되었다.

요즘엔 복용하는 약의 종류가 많다. 당뇨, 고혈압, 전립선비대증, 이명 …, 한쪽 시력으로 살아온 내가 그마저도 백내장이 진행 중이어서 책 읽기도 힘이 든다. 청력도 안 좋아 몇 번씩 되묻는 수도 있어 난처할 때가 한두 번이 아니다.

그래도 어느 교우를 떠올리면 감히 아프다는 생각을 할 수가 없다.

2년 전에 성당 교우들과 처음으로 그를 방문했었다. 그는 건장한 체구로 왕성하게 건설업을 하다 큰 불행을 맞은 지 여러 해째라 했다. 현대의학도 어찌할 수 없는 루게릭병이 찾아 든 것이다. 운동신경세포가 사멸하며 근육이 점점 굳어지는 병이다. 목 속으로 연결된 호스가 기도의 역할을 돕고 있다. 침대에 누운 채 TV를 시청하는 것이 유일한 낙처럼 보인다. 그가 의지로 할 수 있는 것은 보고 듣는 것, 그리고 눈을 깜박이는 것이 전부다. 말 한마디 할 수 없고 손가락 하나 움직일 수 없는 그를 위해 우리가 할 수 있는 것은 오직 팔다리를 주무르고 스트레칭을 하는 것뿐이다. 그러고 나서 병자를 위한 기도와 주모경을 바치고 헤어진다.

그가 생각날 때면 안타까운 마음에 철부지처럼 하느님께 덤비곤 한다. "우리를 사랑하신다면서 어째서 그런 시련을 주시는 것입니까?" 하고. 그러면 말씀하신다. "그는 다른 사람을 대신하여 십자가를 지는 것이다. 너는 너의 십자가가 무거우냐?" 하고. 이 말씀에 나는 무릎 꿇고 두 손을 모을 수밖에 없다.

며칠 전에 지인들과 어느 결혼 피로연에 참석했었다. 그때도 흔한 화제가 건강에 관해서였다. 옆자리의 지인과 이야기를 나누는 중에 그가 큰 수술을 여러 차례 받았다는 사실을 알게 되었다. 최근에는 대장암 3기 수술을 받고 나서 주기적으로 서울을 드나들며 항암치료를 받는 중이라 했다. 그는 수술을 받으러 서울로 떠나면서도 동행하겠다는 아내를 뿌리쳤노라 했다. 옆에서 간호해 줄 사람이 없어야 힘들어도 움직이게 되고 이것이 건강을 회복시키는 지름길이라는 믿음에서였다.

생명만큼 신비롭고 귀중한 게 무엇일까. 나이가 많아지는 탓인지

요즘은 미물을 물끄러미 응시하다 보면 내가 미물이 되곤 한다. 꽃을 보면 꽃이 되었다가 함께 시들기도 한다. 감사한 일이다.

거실 구석의 해바라기를 바라보며 말을 건다.

'시들지 못한다고 울지 마라. 시들어서 우는 사람이 얼마나 많으냐. 그 또한 신의 섭리인 것을….'

(2016)

꽃종이 울다

댕그렁, 댕그렁.

환청이 아니다. 종소리가 맑은 얼굴로 다가와 가슴에 안긴다. 어떻게 휘둘리지 않고 소음의 늪을 지났을까. 덜컹덜컹 일상을 밀고 가는 목소리, 가쁜 숨을 토해 내는 자동차 엔진 소리…. 온갖 소리가 뒤엉켜 침묵을 몰아내는데, 영혼을 일깨우듯 종소리가 퍼지고 있다.

제주시 중앙성당 종탑에서 아침저녁 6시에 울리는 종소리는 부활의 그리움이다. 종소리마저 소음이라며 민원의 대상이 되어, 학교나 교회의 종들이 숨을 멎을 때 함께 눈 감았던 종이 살아났다. 지역민들이 종소리의 추억이 그리워 되살린 것이다. 잠시 귀를 열면 수많은 언어로 메마른 가슴을 적시리니.

사람들만 종을 매다는 게 아니다. 자연도 종을 매단다. 하얀 소리를 울리며 마음으로 듣게 하는 영성의 종이다.

마당의 분재 군락 속엔 종낭 분재가 하나 있다. 종낭이란 때죽나무를 일컫는 제주어이다. 다섯 개의 하얀 꽃잎이 아래를 향해 벌어지면 마치 종을 닮아 붙여진 이름일 테다. 여러 해 전 멀리 강원도의 한 분재원에서 내게로 이사 온 종낭은 고향이 그리운 듯, 5월 초면 하얀 지등을 주렁주렁 달아 놓는다.

대부분 꽃은 하늘을 우러러 마음을 여는데, 종낭꽃은 눈 아래 땅을 굽어보며 가슴을 연다. 마치 하늘의 소리를 전하는 경전 같다. 꽃이 지면 작은 열매가 탄생한다. 그때부터 비바람으로 수행하며 완성의 길로 나아간다. 고작 손톱만 하게 조롱박 모양으로 자라는 열매는 낯빛이 연회색이다. 어찌 보면 진리의 소리가 응축된 종주머니 같기도 하다.

봄 햇살 내리는 오전, 마당으로 나가 종낭꽃과 눈을 맞춘다. 손님에게 차를 대접하듯, 꽃향기가 나를 에워싼다. 티끌 하나 묻지 않은 저 하얀 순수, 고통을 수용하면 저리 아름다울까.

댕그렁, 댕그렁.

하얀 꽃종이 운다. 가식이나 왜곡이 없는 종소리다. 꾸미지 않고 희로애락을 토해 내고 진리를 설파한다. 찰나를 노래하고 때론 긴 서사를 풀어내기도 한다. 소통의 달인이며 언어의 마술사다. 살포시 지상으로 내려오는 천상의 소리, 눈으로 보며 전율한다.

울지 않을 수 있으랴. 살아 있는 것은, 아니 존재하는 것은 종처럼 몸으로 울어야 한다. 하늘이 울고 땅이 울고 산과 바다가 울고 꽃과 나비가 울며, 소리들이 모여 화음이 되고 종국에는 소실해 침묵이 된다.

종은 구도자다. 긴 시간을 침묵으로 묵상하다 깨달은 진리를 울음으로 전한다. 내면을 때리는 고행의 소리, 그에 사람들은 무릎을 꿇는다. 가슴마다 은은하게 흐르는 여울은 본향으로 인도하는 순례 길인가 싶다. 나는 자연에서 신의 메시지를 듣고 영혼의 구원을 꿈꾸곤 한다. 필요 없이 생겨난 게 무엇일까. 무질서하게 보이는 만상의 것들이 질서 속에서 조화를 이루고, 실존을 증명함임에랴. 오래 바라보노라면 풀 한 포기, 나무 한 그루에서도 무한한 신비와 아름다움이 튀어나온다. 그 순간 나도 모르게 머리를 숙이게 된다.

내 몸에도 종소리가 들어 있을까, 공명을 꿈꾸는 맑은 소리. 그래서 어느 날 종 줄을 당기면 내 일생의 소리가 은은하게 퍼질까, 아니 둔중한 소리라도 나기나 할까.

꽃종을 바라보며 다채로운 소리에 몰입한다. 침묵의 건반을 오르내리는 생의 노래다.

(2018)

수필을 향해

지난 며칠 동안 읽을거리가 풍성하게 건너왔다. 정기 구독하는 문예지 두 권과 지역 문우가 보내준 수필집 세 권, 서울에서 생면부지의 작가가 부친 수필집 두 권이 나지막한 철제 대문에 부착된 우편함에 놓여 있었다.

몇 년 전만 해도 읽을거리가 부족하여 허기졌었다. 근방의 서점을 뒤지며 읽을 만한 수필집을 사려 했으나 별로 눈에 띄지 않았다. 그렇다고 도서관에 드나들 생각도 하지 못했다.

보내온 책들의 서문과 작품 몇 편을 읽고 나서, 한 분에겐 전화로 나머지 사람들에겐 문자로 고마움을 전했다. 사실 처음부터 마지막까지 다 읽는 것이 작가에 대한 최상의 예우일 것이다. 그렇지만 읽을거리가 넘칠 땐 선별하여 읽기도 하고 일별하며 대충 책장을 넘기기도 한다. 요즘은 인터넷을 검색하면 좋은 작품들을 만날 수 있어서 잘 쓴 글이 아니면 죄다 읽히기를 바라는 건 작가의 희망 사항일지도 모른다.

이름 있는 작가들에겐 여기저기서 보내오는 작품집이 한둘이 아닐 터이니, 몇 줄 읽고 버려지는 경우도 적지 않을 것이다. 저자로서야 온 힘을 기울여 썼을 테지만, 글과의 동행은 독자의 마음을 사로잡지 못하면 춘사가 되고 말 운명이니 글의 세계에도 가혹한 어둠이 드리우기 마련이다.

요즘 책들은 깜찍한 아가씨 같다. 글의 특성은 물론 책의 표지나 크기 등도 개성적이다. 저자에겐 얼마나 사랑스러운 존재인가. 세상에 오래 남겨질 영혼의 자식들이니. 아직 책을 낸 적 없는 나는 그들을 부러운 시선으로 바라보게 된다.

늦깎이로 시와 수필에 등단하면서 당돌하게도 마음 한구석에 '작가는 작품으로 말한다.'라는 경구를 새겨 놓았다. 부끄러운 일이었다. 올여름에는 그 경구가 시들어 버렸다. 한 달 반 동안이나 작품 한 편도 쓰지 못했다. 계속되는 무더위가 진정한 이유가 될 수는 없었다. 원고 마감일에 쫓기듯 초조했지만, 자판은 밤낮으로 늘어지게 잠만 잤지 않은가. 적당한 소재를 찾지 못하면 글을 쓰지 못하는 초보의 한계였을 것이다.

이번에 만난 다섯 권의 수필집 중에서 한 권은 퍽 특이한 작품들로 이루어졌다. 고작 34편인데 246쪽이었다. 작가는 원래 소설가인데 이단자처럼 잠시 외도하며 수필을 썼노라고 고백한다. 소설처럼 사람들의 심리 묘사를 위주로 이야기를 길게 이어 갔다. 허용된다면 소설수필이라 부르면 좋겠다는 생각마저 들었다. 하여튼 독자를 많이 확보할 것 같다. 문학성은 차치하고라도 그러면 일단 성공한 것이리라.

수필가에게 수필의 정의를 묻는다면 저마다 다양하게 대답할 것이다. 그러니 너도나도 수필가로 등단하여 작품을 쓰는지도 모르겠다. 그렇지만 붓 가는 대로 쓰는 신변잡기는 결코 아니다. 체험을 통하여 깨달은 바를 진솔하게 토로하는 글이라고 하더라도 형상화를 통하여 문학의 옷을 입히지 않으면 안 된다. 말하기보다 보여주기에 비중을 두지 않으면 감흥이 줄어든다.

어느 문학평론가의 말에 귀를 기울이게 된다.

수필은 교설敎說의 장르가 아니다. … 수필은 작가가 깨달은 바를 독자에게 가르치고 설명하는 게 아니라 깨달음에 이르는 고통의 과정에 독자와 함께 참여하는 것이다. 문학은 결과의 설명이 아니라 과정의 기록이다.

또 어느 교수는 "사물에 대한 관찰이나 객관적인 이야기는 의견의 나열이지 수필이 될 수 없다."라고 한다. 수필은 자기 고백적인 글이라는 의미다.

이제야 첫걸음인데 두려움에 떨고 있는 자신을 발견하니 애처로운 생각마저 든다. 어떻게 하면 필력을 키울 수 있을까. 수필 쓰기에 관한 이론도 부족하지만, 아는 이론을 적용하기도 힘들다. 호랑이를 잡으려면 호랑이 굴에 들어가야 하듯 내 역량에 맞게 쓰는 일이 선행되어야 할 것 같다. 다작 속에는 어쩌다 알곡도 섞이겠지만 과작 속에는 그럴 가능성이 작을 테니까.

인터넷을 돌아다니다 '여행 작가 아카데미'라는 카페에 우연히 들렀다. 아니 이럴 수가! '필사의 공간'이란 항목 속에 공책 세 쪽에 걸쳐 내 작품이 필사되어 있지 않은가. 현대수필문인회에서 발행한 『인간愛』란 수필집에 실린 〈동행하는 숨결〉이란 작품이다.

다시 읽어 보았다. 맞춤법도 틀린 곳이 있고, 정원수와 화초들의 이름을 많이 나열하여 줄였으면 하는 아쉬움이 든다. 많이 부족한 글일 텐데, 필사한 독자가 있다니 불끈 힘이 솟는다.

상상으로도 그려볼 수 없는 그 독자에게 감사하며, 용기를 내야 겠다. 작은 손짓 하나에도 세상을 살아가는 힘이 생겨난다는 걸 실 감한다.

존재의 축복, 아름다움을 찾아 뚜벅뚜벅 걸어야겠다.

(2018)

어떤 인생

90세를 넘어선 두 여인은 자신이 살아온 길을 어떻게 회상하고 있을까.

한 여인은 오래전 우리 가족이 제주시에서 셋방살이할 적에 옆집에서 살았던 사람이다. 본처가 자식을 못 낳자 남자는 이 여인을 만나 아들 둘을 보았다. 그러자 그녀를 집으로 데려와 한 살림을 차리는 바람에 숙덕공론이 많았다. 첩은 상전이고 본처가 집안일을 하고 온갖 수발까지 든다고들 했다. 그러자 본처는 보살이 되어 절집을 드나들며 미어지는 가슴을 기웠다니 그 심정이 어떠했을까.

이제 본처도 남편도 저세상으로 떠나자 첩이었던 여인은 물려받은 재산으로 두 아들과 왕래하며 그런대로 살고 있다고 한다.

또 한 여인은 아내가 미용원에서 파마할 때 가끔 마주치는 할머니이다. 미용사에게서 들었다며 기구한 팔자의 주인공을 이야기한다. 본처가 아들 셋을 낳은 후 어떤 사연인지 눈이 멀고 말았다. 그러자 남자가 이 여인을 둘째 부인으로 맞아들였다. 묘하게도 이 여인에게는 자식이 없었다. 그녀는 같은 집에 살며 본처 소생인 아이들을 돌볼 뿐만 아니라 앞 못 보는 형님의 손발이 되어 주었다.

세월의 흐름 속에 남자는 세상을 떠났다. 야속하게도 아이들은 멀리 떠나 살면서 생모에게 신경을 쓰지 않는다고 한다. 앞 못 보는 여인을 나 몰라라 할 수 없어 자신이 아직도 돌보려니 이런 운명이 세상 어디에 있으랴 가슴을 친다고 한다.

이야기는 해피엔딩이라야 하는데, 그러지 못한 여인의 인생살이에 가슴이 저민다. 후세인들은 이런 삶을 상상이나 할 수 있을까.

(2018)

5개월의 반란

 돈, 수많은 사람이 밤낮으로 포획할 궁리를 해도 쉽게 잡히지 않는다. 헉헉거리며 쫓아가도 곧잘 숨어버린다. 그렇다고 이놈을 외면하고 살아갈 수도 없다. 땀을 흘려야만 한다. 아담과 이브가 에덴동산에서 쫓겨날 때 주어진 운명이라 하지 않은가.

 몇 년 전 교직에서 정년퇴임을 하고 얼마 후의 일. 아내가 뜬금없이 돈 벌러 다니겠단다. 내 봉급으로 살아오다 연금에 의존하려니 많이 부족했을 테다. 수입에 맞춰 살자 했으나 집에서 놀면 무엇 하느냐며 일자리 알아본 사실을 털어놓는다. 흔한 말로 청소부다. 직업에 귀천이 없다고는 하지만 좁은 지역에서 입방아에 오를까 걱정이 앞섰다.

 결혼 전에 아내는 농협에서 근무하다 나와 인연을 맺은 후에는 전업주부로 살아왔다. 그렇다고 집안일만 한 건 아니다. 조그마한 감귤원이지만 농약을 치고 거름을 하는 등 힘든 노동을 마다하지 않았다. 전형적인 제주 여인의 억척스러움을 타고난 듯, 무언가 해야만 직성이 풀리는 스타일이다.

아내는 친구와 함께 시내 변두리에 있는 모 대기업 연수원에 면접을 보러 갔다고 한다. 친구는 담당자에게 자기를 교장 선생님 사모님이라 말해 버렸단다. 아내 친구의 남편도 공직에서 퇴임한 지인이다. 돈이 궁해서 온 사람들이 아님을 은연중에 알려 얕보지 말라는 일종의 경고를 보낸 것이다. 그렇다면 1개월도 못 버텨 낼 것이라고 담당자는 예단했다고 한다.

　처음 출근하고 돌아온 저녁 시간에 나는 아내의 심신을 살피며 할 만하냐고 물어보았다. 다른 사람도 하는 일인데 차차 익숙해지지 않겠느냐고 했다. 나의 만류를 거슬렀으니 차마 힘들다는 말은 못 하리라 짐작하며 고되면 언제든 그만두라고 일렀다.

　한 달간 노동의 대가를 받고 돌아와서는 맛있는 음식을 먹으러 밖으로 나가잔다. 사고 싶은 것이 무어냐고 덧붙이기도 한다. 자존심에 관한 문제인가. 기분이 묘했다. 평생 역할이 서로 바뀌었으면 도저히 아내처럼 살 수는 없을 것 같은 생각이 밀려왔다. 끊임없이 찾아드는 자질구레한 집안일로 힘들었을 것이다. 게다가 상전 노릇 하려는 내 침묵의 언어가 아내의 마음을 수없이 상하게도 했을 것이다.

　젊은 시절 내 봉급으로 생활하기가 힘들다고 아내가 이따금 투덜거렸을 때, 그럴 리가 하면서 내가 통장을 관리한 적이 있었다. 씀씀이를 아꼈는데도 늘 부족했다. 반년 후 통장을 반납하며 아내에게 영원한 재무장관을 부탁했다. 지금까지 나는 통장 명세를 전혀 모른다. 알려고도 하지 않는다. 먹고 입고 생활하게 해주니 고마울

따름이다.

가끔 용돈이 좀 더 많았으면 하는 욕구로 비상금을 마련하기 위해 머리를 굴리기도 했었다. 보충수업비가 주요 재원이었다. 액수를 줄이는 방법을 썼다. 몇 년 전 집을 이사하면서 책을 정리하노라니 책갈피에서 몇만 원씩 얼굴을 내밀기도 했다. 한 곳에서는 10만 원권 수표 다섯 장이 숨어 있었다. 21년 전 여름에 발행된 것이었다. 오래되어서 현금으로 교환할 수 있을까 염려하며 가까운 은행으로 발길을 재촉했다. 담당 행원은 수표를 발행한 은행으로 조회하겠노라며 며칠 후 다시 오라고 했다. 드디어 현금으로 찾게 되니 이보다 더한 횡재가 있으랴 싶었다. 은행의 공신력에 감탄하며 식구들에게 이실직고하고 맛있는 외식을 즐겼다.

아내는 한 달을 더 보내고 나서 보수가 나은 곳으로 자리를 옮기겠다고 한다. 멀리 떨어진 5성 호텔인데 출퇴근 버스가 있어 별문제가 없을 것이라 덧붙인다. 알아서 하라고 말할 수밖에.

일터를 바꾸고 퇴근한 첫날 상황을 물었더니 매우 힘들었다고 실토한다. 침구를 정리하고 구석구석 청소하는 일이 생각보다 어렵다는 것이다. 그만두라 했지만, 점차 익숙해지면 괜찮을 것이라며 희망을 드러냈다. 그곳에서는 기본 객실 수를 청소하고 나면 그 외의 객실 청소는 개수에 따라 별도의 보수를 받는다고 한다. 돈에 중독된 것인지 아니면 삶이 무척 궁한 것인지 너나없이 더 많은 객실을 맡으려고 점심도 거를 정도라지 않는가. 작은 여유조차 없는 사람들 틈에서 정신적 피로도가 쌓이고 팔다리와 어깨가 쑤셔오자 아내는 3개월을 버티고 미화원이란 이름표를 떼어 냈다. 마침내 5개월의 반란은 끝이 났다.

돌아보니 여태 돈의 종살이로 허덕인 느낌을 떨칠 수가 없다. 어린 시절 용돈을 벌려고 지네를 잡고 산마와 달래를 캐러 다녔던 일이 동화처럼 아련하다. 그래도 교직을 천직으로 삼았으니 행운이요 보람이다. 빈손으로 출발하여 여유는 없었지만 굶주리지는 않았지 않은가. 정신적으로는 제법 부자로 살았다. 이보다 더한 게 무엇일까.

주변을 돌아본다. 돈은 가끔 천사의 꽃으로 피기도 하지만 온갖 죄악의 씨앗이 되기도 한다. 벌기도 힘들지만 제대로 쓰기는 더욱 어렵다. 그래서 예수는 우리에게 하느님과 재물을 함께 섬길 수는 없다고 하셨을 것이다. 돈을 멀리할수록 영혼은 더 맑아진다며.

돈은 잘 부리면 착한 종이지만 숭배하면 나쁜 주인이라지 않는가. 나는 지금 돈의 주인인가, 종인가.

(2016)

주례를 서다

내일 일도 모르는 게 인간이다. 그래서 미래는 신비롭다. 누군가에겐 고고성을 울리는 순간일 수도, 또 누군가에겐 지상의 마지막 시간일 수도 있다. 개인이 맞는 이런 중차대한 인생사는 많지 않을 것이다. 일상의 햇살 부신 날로도 족하곤 한다.

종종 다가올 시간을 그려 보지만 숨겨진 보물은 없을 듯하다. 그저 세 끼 먹고 크게 아프지 않고 늦깎이로 시작한 시와 수필을 한두 권 출간할 수 있으면 족하겠다. 여생의 길에 예상치 못한 일로 웃을 수 있으면 행운의 덤일 테다.

매주 금요일 저녁에 열리는 성당의 한 모임에서 활동하고 있다. 구성원은 여덟 명이다. 주회가 끝나자 한 교우가 느닷없이 내게 요청한다. "형님, 주례 좀 서 주십시오." 나는 즉시 사양했다. 흠결도 많은 사람이고 경험도 없으니 주임신부님이나 다른 분을 모시라고.

한 달 전쯤 큰아들의 결혼을 예고하여 알고 있었지만, 일주일을 앞두고 다급하게 주례를 요청할 줄이야. 거듭 부탁을 하니 막다른 골목에 처한 심정을 헤아리며 고개를 끄덕이고 말았다.

젊었을 때 불운을 만나 온전한 삶을 이루지 못했다. 인격체로서 부끄러울 일은 아니었지만, 남에게 선망의 인생일 수는 없었다. 그런 이유로 주례와 관련해서는 한 번 사양하고 한 번 거절했던 것이 전부다. 주례라는 말과 마주칠 때면 왠지 서글퍼졌다.

성당에서 혼배식이 끝나자 신랑 신부를 만나 잠시 이야기를 나눴다. 준수한 얼굴에 싱그러운 생기가 청춘 그 자체다. 20대 중반을 좀 넘어선 큰아들과 둘째 딸인 그들은 같은 회사에서 만나 사랑을 키웠다고 한다. 사내 커플인 셈이다.

경건한 마음으로 그들의 앞날을 빌며 주례로서 할 일을 헤아렸다. 머리를 깎고 넥타이를 사며 기본적인 외양을 갖췄다. 일반적인 식순을 따르는 것도 별문제가 아니다. 문제는 주례사다. 처음이자 마지막일 테니 주례사만큼은 잘하고 싶어 우선 글로 써 보지만 마뜩잖다. 내 능력의 한계인 걸 어쩌랴.

새로운 인생을 시작하는 신랑 신부에게 진심으로 축하드립니다. 그리고 이 시간까지 온갖 정성으로 키워 주신 양가 부모님께도 고마운 말씀을 드립니다.

신랑 신부는 같은 회사에서 만나 서로 사랑을 나누다 이제 부부의 연을 맺었습니다. 행복한 가정을 꾸리도록 간단히 안내하고자 합니다.

우리가 사용하는 말에는 씨가 있습니다. 마음속에서 잠자던 말이 입 밖으로 나오면 싹이 트고 자라고 열매를 맺습니다. 콩 심은 데

콩 나고, 팥 심은 데 팥 나듯 하는 것이 말의 특성입니다. 아무리 생각해도 제일 좋은 씨앗은 사랑입니다. 그러므로 신랑 신부는 서로에게 '당신을 사랑합니다.'라는 말을 무시로 하시기 바랍니다. 그러면 사랑이 현실이 됩니다. 특히 남편은 아내에게 이 말을 아끼지 마십시오. 아내는 가정을 포근한 온기로 채우고 기쁜 마음으로 맛있는 음식을 준비할 것입니다.

다음은 믿음의 씨앗을 심기 바랍니다. 믿는다는 것은 모든 것을 다 거는 행위입니다. 부부는 서로에게 인생의 전부를 걸어야 합니다. 그럼으로써 행복은 꾸준히 자라고 힘든 고비를 만나도 거뜬히 넘을 수 있습니다. 특히 아내는 남편에게 '당신을 믿어요.' 하고 자주 말하십시오. 아침을 나서는 남편의 어깨는 봉긋이 솟고 발걸음은 당당해질 것입니다. 어떤 상황에도 흔들리지 않는 가정의 버팀목으로 튼튼하고 알차게 성장할 것입니다.

몇 달 후면 제 나이가 70에 이릅니다. 산처럼 쌓인 것이 시간이라 생각했는데 돌아보니 여름 소나기처럼 후드득 지나는 것이 세월입니다. 아옹다옹 얼굴 붉힌 시간이 후회됩니다. 서로 아끼며 하고 싶은 일을 하기에도 모자란 게 우리네 인생인데 말입니다. 그러므로 신랑 신부는 따뜻하게 상대의 손을 잡아 주고 늘 웃음으로 대하시기 바랍니다.

제가 음치가 아니라면 부르고 싶은, 여러분이 알고 계실 노랫말 일부를 낭송하겠습니다.

미워하는 미워하는 미워하는 마음 없이/ 아낌없이 아낌없이 사랑을 주기만 할 때/ 수백만 송이 백만 송이 백만 송이 꽃은 피고/ 그립고 아름다운 내 별나라로 갈 수 있다네.

그렇습니다. 오늘 축복받는 주인공 신랑 신부뿐만 아니라 여기 계신 모든 분이 그리운 별을 찾아갈 수 있도록 사랑의 꽃을 피우며 살아가시기 바랍니다. 감사합니다.

네댓 번 읽으며 머릿속에 앉힌 결과 9할은 제대로 전달된 것 같다. 하객들의 흐트러지지 않는 시선과 박수에 일주일 동안 졸인 마음을 보상받는 느낌이다. 전날 밤잠을 설치게 한 뒤척임도, 현관을 나설 때 "파이팅!" 하고 응원하던 아내의 목소리도 그리고 장갑 긴 손으로 눈가를 닦던 신부의 모습도 또렷이 기억의 한 켜를 이룰 것이다.

결혼식 전날 저녁에야 신부 어머니가 '올레 독서회'에서 만나는 지인임을 알고 놀랐다. 인연이란 이렇게 가까이에 있기도 하는가 보다.

신랑 신부가 행복한 인생을 살아가기를 기도한다.

(2018)

운수, 매정하다

운수는 눈치 채지 못하도록 은밀하게 사람을 끌고 다닌다. 정체를 드러내지 않아, 한 치 앞에 있어도 알 수가 없다. 가끔 좋은 곳으로 인도하기도 하지만, 대개는 벼랑 아래로 밀어 버린다. 가혹하고 매정한 존재다.

어제 아침 수필 동아리의 사무국장 집으로 동인지를 가지러 현관문을 나설 때였다. 여느 때처럼 아내의 목소리가 들렸다.

"조심히 운전하세요."

어떤 모습으로 책이 세상에 나왔을까. 편집에 두 번이나 참여하여 대충 알면서도 보고 싶었다. 좁다란 골목길을 고불고불 지나 편도 3차로에 접어들었다. 마침 일요일이어서 차량은 많지 않았다. 붉은 신호등 앞에서 정차하고 있는 차량을 향해 다가갔다. 1차로에는 노란색의 운전 교습용 자동차가 '교육중'이란 팻말을 꽁무니에 달고 서 있었다. 2차로에는 검은색 승용차 뒷유리창에 '초보운전'이란 딱지가 붙어 있었고, 3차로에는 청색 경차 뒷유리창에 '면허는 땄지만 …'이란 스티커가 붙어 있었다. 애송이 3형제가 길을 막는 듯하여 묘한 생각이 들었다. 평소보다 더 주의하여 운전하라는 경고 같았다.

예상했던 대로 책의 얼굴은 산뜻했다. 동인들의 열의가 작품 속으로 스몄으니 독자들로부터 좋은 평이 나오지 않을까 하는 기대감도 생겼다. 나는 흥얼거리며 50여 권을 트렁크에 싣고 집으로 향했다.

동인지를 처음부터 읽어 보노라니 아내가 불행한 소식을 전했다. 고종동생 남편이 교통사고로 돌아갔다는 것이다. 전날 밤 11시 넘어선 시각에 횡단보도를 지나다가 택시에 치였다고 한다. 순간 슬픈 파랑이 가슴을 일렁였다. 하필 그 시각 동서는 왜 책방으로 향했으며 택시는 어찌하여 그 순간에 멈추지 못했을까. 동서는 멀리 떠나면서 내게 차 조심하라는 말을 전한 것만 같아 더 먹먹해졌다.

아내와 함께 장례식장을 찾아갔다. 이마가 훤하고 눈매가 순한 중년 남자가 사진틀 속에서 조문객들을 바라보고 있었다. 나는 영정사진을 향해 재배하고 오른편에 홀로 서 있는 어린 상주와 맞절을 했다. 그리고 나서 왼쪽으로 두어 걸음 나아가 망자의 아내를 안아 주었다.

"처제, 며칠 실컷 울고 마음을 말리며 살아야 해요. 아이들을 위해서라도…"

"형부, 아이들 잘 키우며 잘살게요."

처 고종동생은 같은 말을 되풀이하며 흐느껴 울었고, 나도 손수건을 꺼내 들었다.

처제는 겨우 오십 줄에 들어섰고 동서는 오십 대 중반을 넘어선 나이다. 슬하에 1남 2녀를 두었는데, 큰딸은 대학 3년생이고 막내 아들은 중3생이다. 동서는 회계사로, 처제는 중등 교사로 살림을 일 구며 알콩달콩 사는 것 같았는데 운수가 질투했는가도 싶다.

우리는 앞일을 모르기에 설렘으로 미래를 맞고, 뿌린 대로 거두 리라는 믿음으로 하루하루를 살아간다. 그러다 남에게만 일어나리 라는 불운에 맞닥뜨리면 왜 하필 나를 찾아왔느냐고 울부짖는다.

그러기에 사람들은 앞날을 미리 알고 싶어 한다. 철학관을 찾아 사주팔자를 보며 액운을 피하려고도 한다. 그럴 수만 있다면 얼마 나 좋을까만, 나는 어쩐지 미신이란 생각에 기운다. 운명의 신은 늘 미지의 곳에서만 본질로 존재할 수 있을 테니까.

그래도 어릴 적 누군가 나의 사주를 보면서 했던 말이 잊히지 않 는다. '소띠로 섣달에 태어났으니 말년에 편안히 살 팔자'라는 것이 었다. 고희에 접어들며 후하게 생각해도 형편이 나아진 건 별로 없 다. 마음이 성숙하며 상황을 이겨 내고 있을 뿐이다. 지금 삶이 내 게 주어진 행복의 최대치일까, 기다리면 더 좋은 날이 찾아올까. 아 직은 희망을 품는다.

다시 만날 수 없는 동서는 잠시 스치듯 몇 번 만났을 뿐이지만, 처제는 같은 학교에서 근무한 적이 있어 만날 때마다 살갑게 굴었 는데. 활달한 성격이라 어려움을 잘 이겨 낼 테지. 조문을 마치고 귀가하면서 〈바람과 함께 사라지다〉의 여주인공 스칼릿이 남긴 명 대사를 바람에 실어 몇 번씩이나 전한다.

'내일은 내일의 태양이 뜰 거야.'　　　　　　　　　　(2018)

글담을 쌓고 싶다

글을 신앙의 높이만큼 올려놓고 날마다 경배한다. 요즘 내 삶의
큰 획이다.

글이 굽이굽이 먼 길을 돌아 어떻게 내게 다가왔을까. 글 속에 삼
라만상이 들어 있음을 알았더라면 진즉 맨발로 달려 나가 마중했을
텐데.

젊어서 교단에 발을 디딘 후 종착역에 다다를 즈음 다행히 한 여
자고등학교에서 교장으로 봉직했다. 말재주가 없는 나는 학생들을
대상으로 훈화할 때면 미리 글로 써서 절반 이상 암기하고 연단에
섰다. 그래선지 별로 중언부언 헤매지 않을 수 있었고, 여학생들이
지만 소곤거리고 싶은 마음을 억누르며 귀를 세워 주었다. 한 선생
님은 자신이 만나 본 교장 선생님 중에서 훈화를 제일 잘하신다며
나를 치켜세우기도 했다.

말이 아니라 아예 글로 다가서야 할 때도 종종 있었다. 교지나 행
사 초대장 등에 인사 말씀을 넣어야 하는 경우다. 말은 일순에 사라
지지만 글은 오래도록 남는다는 사실에 주목하며 공을 들였다. 웬

걸, 읽어 보면 시답잖다. 국어 선생님을 불러 교정을 부탁했다. 얼마 후 군데군데 수정한 종이를 들고 와서는, "교장 선생님, 글재주를 타고 나셨습니다." 하며 아부성 발언을 하기도 했다.

귓가를 스친 말이 홀씨처럼 날아들어 마음 자락에 내려앉았을 줄이야. 정년으로 퇴임하고 몇 년 지나서야 잊혔던 글밭의 씨앗을 싹틔우고 싶었다. 3년 전 제주대 평생학습교육원의 '수필아카데미' 강좌에 등록하고 지금까지 수강을 이어 가고 있다. 문학평론가인 A교수는 시와 수필 감상을 곁들이며 수필 이론을 자세히 가르쳐 주신다. 18년째 강의를 듣는다는 문우를 알고는 대단한 열의에 절로 박수를 보내지 않을 수 없었다.

수강을 시작한 시기에 연이 닿아 '들메 글방'도 노크하였다. 10명의 회원이 가족처럼 글맛을 나누는 곳이다. 오래전에 등단하여 수필집도 몇 권씩 낸 분들이 대부분이다. K선생님이 가르치신다. 시와 수필을 쓰고 문학평론도 하신다. 시집과 수필집을 여러 권 출간하였고 중앙 문단에도 알려진 분이다. 인연이 깊어져 때론 형님처럼 여기며 세상살이까지 배우고 있다.

'들메 글방' 동아리는 한 달에 두 번 모여 자신의 작품을 읽고 나면 K선생님의 주도로 합평을 한다. 눈 밝히며 토씨 하나의 잘못도 찾아내고, 문장을 꽃처럼 다듬기도 한다. 시나브로 습작의 길을 뚜벅뚜벅 걷고 있음을 자각하게 된다. 특히 선생님의 우렁찬 목소리에 실린 '치열하게'와 '적확한'이라는 두 단어는 귓속 깊숙이 자리하여 밖으로의 탈출이 불가능할 정도다.

그새 짧은 기간인데도 여러 문우의 응원으로 시인과 수필가란 이름을 얻게 되었다. 누군가는 갖고 싶어 할 매력적인 이름이지만, 사실 나에겐 아직 그 길이 어둡고 무겁다. 갈고 닦으며 문학이란 이름 앞에 무릎을 꿇고 머리를 숙이리라 다짐한다.

작품으로 말해야 하는 작가의 운명을 받아들인다. 그리고는 절망한다. 겨우 머리를 내민 문학의 싹이 햇볕에 타 버리기 전에 물을 주어야 한다. 어떻게 하면 잘 쓸 수 있을까. 많이 읽고, 많이 쓰고, 많이 생각하라는 구양수의 조언은 하나의 이정표임이 틀림없다. 늦깎이로서 하나만 고르라면 아무래도 다작일 것이다. 쓰다 보면 쭉정이 속에 알곡이 섞인다는 말이 있지 않은가.

오늘 아침엔 엉덩이가 '창작 기관'이라는 글을 읽으며 무릎을 쳤다. "번역은 머리, 손으로 하는 게 아니라 엉덩이로 한다. 끈질겨야 한다는 뜻이다." "종일 의자에서 몇 번 일어나지 못한다. 그래서 교정 교열은 엉덩이가 한다고 한다." "음악적 영감이라는 말은 좀 맞지 않는 것 같다. 음악은 엉덩이가 쓰는 것이라고 생각한다." 저명한 문화계 인사들이 한 말이다.

엉덩이 쪽에서 구린내가 아니고 향기가 솟는다는 건 극적인 반전이다. 노력 없이 되는 일은 없다. 명언으로 오롯이 섬기고자 한다.

불현듯 선친이 떠오른다. 석공이 아니어도 돌담 쌓기에 능하셨다. 집에서 멀지 않은 곳에 두 줄의 성담이 있었는데, 4·3 사건 당시 무장대를 막기 위해 쌓은 것이다. 아버지는 작은 체구에도 그 성의 돌덩이들을 지게에 올려 집 근처로 옮기고는 끙끙대며 높다랗게 울담을 쌓으셨다. 모난 부분은 긴 자루가 박힌 메로 다듬으며 공간을 드나드는 바람을 죄다 막으려는 듯 촘촘히 쌓았다. 시골의 집을 찾을 때면 세월을 견디는 울담을 보면서 선친의 노고를 촉촉한 눈으로 회상한다.

문장도 한 단어 한 단어 제자리에 올려야 일어서며 멀리 뻗어갈 수 있을 것이다. 모든 단어가 돌담처럼 맞물리면 태풍도 견뎌낼 게 아닌가. 높고 튼튼하게 글담을 쌓고 싶다.

제주의 밭담 같은, 흑룡만리의 글을 꿈꾸며.

(2018)

바람 탄 구름처럼

마음을 높이고 넓히며

천태만상의 길을 가보는 거야

허락된 시간 속에서 춤을 추며

2부

초록빛 가슴으로

우리 시대의 어머니는 별반 다름없는 인생을 사셨으리라. 자녀를 사랑으로 낳아 키웠으며, 밥 지어 먹이는 걸 소임으로 알았던 어머니는 '어머니'시다. 수식어 없이도 빛나는 별이다.

순간의 운명

어제 아침을 먹고 서재에 들어섰을 때의 일.

책상 위에는 커다란 바퀴벌레 한 마리가 이리저리 돌아다니다 내가 들어온 낌새를 알아차린 걸까. 잠시 동작을 멈추고 어디로 피신할까 궁리하는 모양이다. 그 순간 나는 어떻게 이놈을 잡을까 머리를 굴린다. 손바닥으로 잽싸게 내리칠까 하다가 책을 집어 들려는 생각을 지나 크리넥스 통에서 휴지를 꺼내려는 순간, 바퀴벌레는 책상 뒤 방벽 아래로 번개처럼 뛰어내린다. 부챗살처럼 시선을 펴고 살펴도 보이지 않는다.

잠시 마당으로 나갔다가 돌아오니 바퀴벌레가 또다시 책상 위에서 주인 행세라도 하듯 촉수를 세우고 있지 않은가. 이번에야말로 놓치지 않으려고 손바닥으로 후려칠 작정인데, 이놈은 눈치가 백단이다. 그러나 누가 앞일을 알랴, 책상 앞 방바닥으로 화급히 떨어졌으니. 인간인 내가 이 순간을 놓칠 순 없다. 슬리퍼 신은 발이 빨랐다. 몸통은 문드러지고 하얀 핏물을 주변에 쏟는다.

휴지를 서너 장 꺼내 주검을 치우려는데 명줄이 붙어 있는지 촉수와 몇 개의 발이 곰지락거린다. 순간 머릿속에 각인되는 이 모습이 절규한다. 모든 살아 있는 것들은 같은 무게의 생명을 지니는 것이라고.

책상 위에는 네댓 권의 책과 공책과 마시다 남긴 커피잔과 귤 두 개가 담긴 쟁반이 놓여 있다. 이 향랑자는 무엇을 찾아 나섰던 것일까. 곤충을 죽이려는 생각은 빠삐용이 잡아먹던 징그러운 벌레의 모습에서 비롯되었을까. 분명한 건 내가 미물의 생명을 뺏는 운명의 주체였다는 사실이다.

내 운명을 이끄는 분은 누구일까. 잠시 생각에 잠긴다.

(2018)

모성애

신의 역작일까, 모성애는 감동적이며 위대하다. 여자는 약하나 어머니는 강하고, 여자의 마음은 꽃바람에 흔들리지만 어머니의 마음은 태풍에도 견딘다고 한다. 동물도 이에 못지않다.

인터넷을 검색하다가 놀라운 유튜브 동영상들을 보았다.

순한 동물로 여겨지는 토끼가 커다란 뱀을 공격하는 장면이다. 어미 토끼는 새끼가 있는 둥지에 똬리를 튼 뱀을 보고 공격을 시작한다. 놀란 뱀이 도망가기 시작하자 새끼들의 상태를 살펴본 어미는 맹렬히 달려가 가열히 맞선다. 뱀이 머리를 쳐들고 공격을 하려 하자 몇 차례 공중으로 점프하더니 재빨리 방향을 바꿔 여러 차례 꼬리 쪽을 공격하는 게 아닌가. 결국엔 뱀이 줄행랑치더니 나무 위로 기어오른다. 자연계의 먹잇감이 오히려 포식자를 몰아내는 장면에 박수를 보내지 않을 수 없었다.

새끼 토기 세 마리 중 두 마리는 죽고 말았으나 한 마리는 살아남았다. 목숨을 건 어미의 헌신 덕분이었다.

쥐가 뱀을 공격하는 장면도 나를 전율시켰다. 어미는 새끼 쥐를 물고 가는 뱀의 꼬리를 깨물며 쉴 새 없이 공격을 퍼부었다. 뱀은 어쩔 수 없이 새끼를 땅 위에 뱉어 놓고 도망치기 시작했다. 뱀이 풀숲으로 도망칠 때까지 어미 쥐는 분노를 삭이지 못한 듯 계속 공격을 하고 나서 새끼에게 돌아왔다. 죽은 듯이 꼼짝 않던 새끼가 드디어 움직이기 시작하자 어미는 새끼를 물고 덤불 속으로 사라졌다. 보기 싫은 동물이지만, 목숨 건 어미 쥐의 모성애에 가슴이 뭉클했다. 살아난 새끼를 보며 어미는 얼마나 안도하고 기뻐했을까.

먹이사슬에서 상위에 있는 뱀이 쥐에게 굴욕을 당하다니, 자연의 법칙도 어미에게는 예외를 허락했음이 아닌가.

귀여운 수달 가족 세 마리가 인공 수로에 빠져 있다. 다행히 물이 흐르지 않고 바닥은 말라 있다. 부모 수달은 쉽사리 시멘트 벽면을 기어올랐지만, 새끼는 역부족이다. 새끼의 울음소리를 듣자마자 수놈은 암놈이 수로로 떨어지지 않도록 뒷다리를 붙잡았고, 암놈은 몸을 늘어뜨리며 앞발을 벽면 아래로 내밀어 새끼의 앞발을 잡아당겼다. 드디어 세 마리 수달 가족이 수로를 넘더니 다정스레 어디론가 달려갔다. 인간 못지않은 가족애와 협동심 그리고 높은 지능이라니 ….

누구나 어머니를 통해서 이 세상에 태어난다. 형언할 수 없는 산통을 이겨내며 낳은 아기를 옆에 누이고 사랑 가득한 눈길로 바라보는 어머니의 모습은 가슴을 뛰게 한다. 동물과는 달리 아기는 오래도록 부모의 보살핌을 받으며 서서히 성장해 간다. 양육과 교육에 부모는 등골이 휘면서도 그것을 낙으로 삼는다. 가없이 넓고 깊은 부모의 사랑이다.

그래서일까 우리 선조들은 효를 중시해 왔다. 안타깝게도 오늘날엔 효 문화가 서서히 사라지고 있다. 개인 중심의 이기주의가 팽배하는 탓일 것이다. 자식이 부모를 학대하거나, 나 몰라라 팽개쳐서 병고나 생활고에 허덕이는 노인들 사연이 언론에 심심찮게 등장한다. 가족애가 사라지는 사회의 병리 현상이다. 누군들 늙지 않을까만.

반대로 부모가 자식을 굶기거나 때리며 학대하는가 하면 살해하여 암매장하는 사건까지 발생하고 있다. 몰래 영아를 낳아 유기하기도 하고, 숨을 끊어 버리기도 하며, 어린 자녀들을 데리고 동반 자살하는 사건까지 일어난다. 생명보다 더 존귀한 것이 있을까. 문명의 시대에 이런 일이 일어나고 있으니 가슴이 먹먹하다.

사람에게 모성애는 본능적인 것만은 아닐 것이다. 어머니가 되려면 아기에 대한 정서적 안정감은 물론 육아에 대한 지식과 기술을 익혀야 한다. 양육 스트레스에서 벗어나 임신과 출산은 여성에게만 주어진 특권이자 축복임을 인식하길 빌어 본다.

오래전 모든 것이 부족하고 어려웠던 시절에도 부모는 많은 자녀를 낳아 정성으로 키웠다. 그것이 그들 생의 전부였다. 나의 부모도 예외는 아니다. 가난 속에서도 6남 2녀를 낳아 키우셨으니 그 노고를 어찌 표현할 수 있을까. 아버지 돌아가신 지 이제 20년, 살아 계실 때 효도 한 번 제대로 못 해드렸으니 회한이 깊다. 다행히도 어머니는 살아계시니 잘 해 드려야지 하면서도 늘 부족하여 죄스럽다.

부모가 되어야 부모 마음을 알 수 있다고 하지만 할아버지가 된 나는 언제 철들 것인가. 내리사랑은 있어도 치사랑은 없다는 말이 떠오르는 것을 보면.

(2016)

글제

    오월, 꽃이 만발한 서귀포 상효원에서 나는 글의 씨앗을 주웠다.

    몇 년 전 제주대 평생교육원 '수필창작교실' 강좌를 수강하며 문우들과 처음으로 야외행사를 나갔을 때였다. 계획된 프로그램 중에는 사행시 짓기가 있었다. '봄꽃정원'이라는 시제詩題가 주어졌고, 모두가 몰입하여 시심을 일구는 듯했다.

    내겐 처음 도전하는 시 쓰기의 시간이었다. 머릿속에선 이런저런 단어를 데려오느라 분주히 움직였다. 이건 아닌데, 이것도 아닌데. 한 행 쓰기도 쉽지가 않았다. 열중할수록 부실하게만 느껴졌다. 주어진 시간이 끝나가자 이름을 밝히지 않은 채 마뜩잖은 작품을 제출했다.

    얼마 후 지도교수와 시인 몇이 작품을 심사하고 결과를 발표하게 되었다. 혹시나 하는 설렘이 일었다. 교수님은 장원작부터 발표하겠다며 시를 낭송했다.

    〈봄꽃정원〉 봄은 태초의 소리를 듣고/ 꽃의 언어로 피어난다./ 정원의 화사한 웃음들/ 원초에 잉태한 빛깔이다.

뜻밖에도 내 작품이었다. 얼굴이 붉어졌다. 낭송이 끝나자 시의 작자를 앞으로 불렀다. 자리에서 일어서니 문우들의 뭇 시선이 화살처럼 날아들고 박수는 나를 얼얼하게 했다. 제출했던 용지와 작은 선물을 받고 자리로 돌아갔다.

이날의 경험이 내 글쓰기의 불쏘시개가 되었다. 이후 나는 습작에 힘을 기울였고 운도 따라서 일 년 안에 시인, 수필가란 두 이름을 얻을 수 있었다. 순간의 기쁨에 도취하여 기나긴 가시밭길이 기다리고 있음을 예상치 못했다. 얼마 걷지도 않았는데 걸을수록 힘에 부쳐 절망의 벽에 갇히곤 한다. 그래도 글을 팽개치지 못하는 건 삶의 크고 작은 상처를 치유하기 때문일 것이다. 고통을 즐기는 것, 이게 작가의 운명임을 서서히 느끼고 있다.

일 년 넘도록 한 줄도 못 쓴 채 애태우는 글제가 있다. 유언처럼 어머니 입에서 새어 나온 미완의 네 어절이다.

지난해의 일이다. 아내와 함께 어머니가 계신 요양원을 찾았다. 어머니는 여느 때처럼 낙엽 같은 체중을 움직이지 못하고 침대에 붙들려 있었다. "어머니! 어머니!" 앞으로 몇 번이나 더 불러 볼 수 있을까 생각하며 또렷하고 다감한 목소리로 어머니를 불렀다. 그때 어머니는 실눈같이 눈을 뜨셨다. 뜻밖이었다. 거의 반년 만에 만나는 기적 같은 장면이었다. 그간 항시 눈을 감고 말씀 한마디 없이 지내오지 않으셨던가.

"어머니, 큰아들과 큰며느리가 와수다."

어머니는 반가운 듯 입가에 아슴푸레 웃음까지 지으셨다. 얼마나 가슴 뛰게 하는 모습이던가. 나의 눈가는 이내 젖어 들며 이슬 같은 방울들이 떨어졌다. 아내는 두유팩에 빨대를 꽂고 어머니의 입가로 가져가니 간신히 받아선 아기처럼 빠셨다.

'하느님, 감사합니다.' 나는 묵언으로 소통하고 있었다. 어머니를 헤아려 주십사고 몇 번을 빌었기에 이런 순간을 주셨는지요. 갖가지 생각이 몰려왔다.

"어머니, 기도할 줄 아시지예. 하느님 도와줍셍 기도홉서예."

"높은 디 올랑 보민…."

오랜만에 혼신으로 들려주신 미완의 말씀, 나머지는 나더러 완성하라 하시는가. 한참 상념에 잠긴 채 어머님 곁을 지키다 주모경을 바치고 자리를 떴다. 그리고 다짐했다. 어머니가 말씀하신 '높은 곳에 올라서 보면'을 글제로 시와 수필을 쓰리라고.

어머님이 떠나신 지도 벌써 오 개월이다. 아침저녁 마음의 문안을 드린다. 두어 번 울컥하며 복받쳤지만, 일상은 평안을 유지할 수 있다. 아마 높은 데서 내려다보시는 어머님의 따사로움 덕분일 것이다.

마음의 약속을 지키려 가끔 하늘을 올려다본다. 수많은 단어가 떠다닌다. 별빛 같은 문장이 수채화로 흐른다. 그런데도 감히 어느 하나 당겨 안을 수 없다, 아직은.

오늘따라 하늘은 청잣빛 물감만 풀어 놓았다.

(2019)

눈[雪]에 끌려서

이른 아침 눈을 떴을 때 자연은 하얀 풍경을 그리고 있었다.

회색 하늘에서 무더기로 쏟아지는 함박눈이 자리를 찾아 사방으로 헤맨다. 된바람이 윙윙 소리를 내며 만물에 생의 깊이를 각인하고 있다. 알 수 없는 설렘이 뭉클하다. 몸을 꽁꽁 얼리면 마음은 장작불을 활활 지필 것 같은 충동이 인다. 눈보라 속을 거닐면 무언가 값진 보물이 기다릴 것 같은 생각에 현관문을 나선다.

옷을 두껍게 입고 모자 쓰고 장갑까지 꼈는데도 고추바람이 파고든다. 모자 위에 걸친 점퍼 후드가 날리지 않도록 끈을 조인다. 바람을 똑바로 마주할 수 없어 저절로 고개가 수그러든다. 자연 앞에 겸손 하라는 가르침인가 보다.

조그만 소리주머니들이 터지듯 뽀드득뽀드득 걸음을 응원한다. 숫눈 위로 새겨지는 첫발자국, 동네 길을 여는 이정표 같다. 어린 시절이 슬며시 손을 잡는다. 눈이 쌓이면 손 시려 발 시려하면서도 마당에서 동생들과 뛰놀던 시간이 곁에 있는 듯하다.

누가 크게 만드나 겨루듯이 눈사람 만들기가 시작되었다. 작은 돌덩이를 주워다 눈을 굴리기 시작하면 이내 몸체가 커졌다. 힘닿는 데까지 덩치를 키우고 나서 모롱이에 앉힌 후, 다시 눈을 굴려 얼굴을 만들고 그 위로 얹혔다. 숯덩이 몇 개 가져와 눈과 코와 입을 붙여 놓으면 그럴듯한 눈사람이 탄생했다. 마당의 눈이 모두 녹아도 눈사람은 며칠 동안 살아남았다.

그 시절엔 눈사람의 실체를 깨닫지 못했다. 움직일 수 없는 장애의 아픔이나 시린 마음으로 뭉치는 혈육의 정, 그리고 모두 떠나고 혼자 남는 진한 고독을.

덫을 만들어 참새나 멧새 또는 직박구리를 잡기도 했다. 반달처럼 구부린 나뭇가지에 가위질한 헌 어망을 이어놓고 아래엔 신서란 줄로 연결하여 빙빙 돌린 후 원래대로 돌아가려는 힘의 원리를 이용했다. 망 가운데 조 이삭을 매달아 부리로 쪼는 순간 그물망이 앞으로 덮치게 하는 방식이었다. 햇살이 드는 마당 한쪽 편에 눈을 치우고 새덫을 놓았다. 그러고 나면 멀리서 응시의 눈길을 보내곤 했으나 좀처럼 새덫은 작동하지 않았다.

운이 좋아 한두 마리 잡히는 날엔 고소한 구이 맛을 보기도 했다. 보송보송한 털을 뽑고 내장을 빼낸 후 왕소금을 뿌려 삭정이 잉걸 위에 올려놓으면 이내 먹거리는 완성되었다. 잠시 맛을 즐길 때 고소한 냄새가 길게 퍼져나갔다. 그러나 그땐 생명의 의미도, 공중을 나는 날개의 힘도 생각할 수 없었다. 허기진 맛 속에 묻혀 버린 생의 슬픔 같은 건 나이 든 후에야 아득히 깨어났던 것 같다.

눈발이 간간이 이어지던 어느 날 오후, 바닷가에서 동네 또래들 몇이 함께 뛰놀고 있을 때였다. 갑자기 어른들 외침 소리가 가까워졌다. 청년들이 노루 몰이 중이었다. 노란 송아지 같은 녀석이 잽싸게 바닷가를 내달려 바닷물 속으로 뛰어들었다. 생명을 위한 탈출이 점점 멀리 이어지는 곳으로 많은 눈(目)이 응시했다. 한참 후에야 노루는 방향을 돌려 바닷가로 되돌아왔다. 온 힘이 소진되었다. 사람들에게 붙잡히는 순간에도 더는 달아날 수 없는 막다른 운명이었다.

청년들은 갯바위에서 노루를 잡고 모여든 아이들에게도 살덩이를 조금씩 나눠주었다. 그날 저녁 어머니가 요리한 노루고기를 처음 맛보았으나 쇠고기나 돼지고기와 별반 다른 걸 느끼진 못했다. 맛을 구별할 만큼 고기를 자주 먹어 보지 못했으니 당연한 일이었다. 다만 노루의 수영 실력이 뛰어나다는 사실만 뇌리에 깊이 남겨놓았다.

훗날 생멸에 관해서 생각할 때면 그때 바다 멀리 사라졌던 노루를 떠올리곤 한다. 인간처럼 학습하지 않아도 네발짐승은 물속에 들어가면 헤엄칠 수 있다는 사실은 무엇을 의미할까. 탄생은 주어진 기간 동안 생존을 전제로 하고 있음이 아니겠는가. 생명만큼 진실하고 아름다운 것이 무엇일까 되새기게 된다.

산책에서 집으로 돌아와도 마음은 아직도 밖을 배회한다. 숨을 고르고 나서 컴퓨터를 켜고 자판기에 손을 올린다. 내 깜냥의 글 한 편은 슬슬 나오려니 했는데 쉽지 않다. 안타깝다. 공중에서 지상으로 낙하하며 숨을 거두는 눈의 정서 속으로 녹아들지 못한 탓이려니 싫다.

온종일 눈이 내린다. 분재들이 눈꽃을 피워 재주껏 마당을 꾸미고 있다.

추억과 뒹굴다가 평소보다 늦게 잠자리에 들었다. 등만 대면 찾아오던 잠이 어디 갔을까. 자고 깨기를 반복하며 잠을 설치다 하릴없이 자리에서 일어났다. 시계를 보니 세 시가 조금 넘었다. 커튼을 밀치고 창밖을 보니 그새 눈이 더 쌓여 수북하다. 마당으로 나선다. 농밀한 고요함과 아늑함이 짙게 밀려온다. 눈과 바람이 추위를 데리고 잠시 외출했는지, 외려 따습다. 고개를 쳐드니 반짝이는 별빛들이 지상을 내려다본다. 경외심으로 아름다운 풍광을 맞는다.

수수비를 집어 들고 분재의 나뭇잎에 쌓인 눈을 털어낸다. 소나무 주목 향나무 같은 상록수들이 무거운 짐을 내려놓은 듯 홀가분한 표정이다. 생명을 보듬고 싶은 내 마음을 읽었을까. 하얀 눈 속에서 푸른 잎이 내뱉는 숨소리가 들리는 듯하다.

마음이 정화되기를 기원하며 집 안으로 들어서는데 눈 덮인 풍경이 앞선 걸음이다. 날이 밝으면 세상은 은빛으로 더욱 찬란할 것이다.

(2018)

삼식이 단상

    살기 위해서 먹는다는 굳은 생각이 바뀔 때가 있다. 요즘 먹거리 방송 프로가 활개 치는 걸 보면, 너나없이 먹기 위해 사는 듯하다. 하기야 삶의 중심에 먹는 일이 똬리를 틀 수밖에 없다. 입에 풀칠이라도 하지 않으면 생은 이내 말라버리고 만다.

    체질 탓일까 아니면 당뇨 때문일까. 한 끼 굶기도 힘들어 나는 늘 삼식이다. 아내가 볼일로 집을 비울 때면, 흔쾌히 혼밥족이 된다. 찬거리 마련해 놓고, 챙겨 들라며 집을 나서는 아내 마음이 또 하나 별난 찬이 되고.

    해가 중천으로 향하자 '라면' 생각이 슬며시 고개를 든다. 네댓 달만이다. 한때 중독된 양 라면을 자주 먹었는데, 몸에 안 좋다 하여 버림받은 신세가 되고 말았다. 사노라면 그리워지는 것이 입맛뿐일까만.

    조그만 냄비에 물을 적당히 붓고 분말수프를 털어 넣는다. 가스레인지 위에서 끓는 소리가 나면 면을 집어넣고 몇 분 후 야채 플레이크와 달걀을 풀어놓는다. 잠시 후 젓가락으로 한 올 집어 먹어 본다. 면이 쫄깃하게 익었으면 요리 끝, 나의 어설픈 레시피다.

시큼한 김치가 뜨끈한 라면과 궁합을 이루며 입을 호사시키는 동안, 옛 추억 하나가 되살아난다.

1974년 사병으로 육군참모총장실에서 복무할 때의 일. 일주일간의 특별휴가가 주어졌지만, 오가는 여비 걱정에 마음을 접고 사무실에서 보내기로 작정했다. 평소에도 특권처럼 내무반 생활을 면할수 있었으니 가능한 일이었다. 왠지 서글프고 창피한 생각에 급식소로 향하지 못했다. 점심은 거르고 아침저녁은 라면으로 때웠다. 삼 일을 넘어서자 싫어지는 맛. 달리 방법이 없었으니, 일주일을 견딜 수밖에.

그 끝은 참담했다. 온몸에 두드러기가 생긴 것이다. 가려움으로 긁어대면 더 커지는 가려움. 며칠 의무반을 드나들어야 했다. 그때, 라면 알레르기에 대한 면역이 생겼는지 그 후론 탈이 없다. 음양이 함께 굴러가는 것이 세상사임을 깨달았다.

지척에 계신데도 얼마간 찾아뵙지 못한 어머니, 오늘 점심은 어떻게 하셨을까. 귀를 닳게 하신 말씀만 들려온다, "밥 먹어시냐?" 또는 "밥 먹엉 가라."

삶이 곤궁하여 당신의 허기 참아내며 자식들 배 불리는 게 어머니의 꿈이었으리라. 어린 시절, 바닷물로 생기 시든 배추에 고춧가루 약간 들어앉아 김치가 되었으니, 속으로 어머니 김장 솜씨를 나무라기도 했었다. 여유가 없어 넉넉한 양념을 못 하는 마음은 읽지 못한 채. 이제야 늘 고봉으로 떠 주시던 어머니 마음속으로 잠기며 눈가를 붉히곤 한다.

마음을 뜨끔하게 했던 아내의 말이 자박자박 걸어오는 듯하다. "평생 밥을 해줬으니 내게도 한 끼 해줘 봐요." 이 간단명료한 요구에 여태 내 응답은 어물어물 흐리다. 무엇으로 변명할 것인가. 고백건대 전기밥솥 사용법을 모른다. 대신 설거지를 더 많이 돕겠노라는 말에 힘을 보탠다. 태생이 남존여비 족이 아님을 행동으로 증명하는 중이다.

막내아들은 요즘 이산가족처럼 지내고 있다. 멀지 않은 곳에 직장이 있는데도 회사 사정이 안 좋다고 한다. 눈코 뜰 새 없이 일인이역을 하느라 밤샘하기 일쑤다. 보수야 그만큼 많아질 테지만, 옷가지 가지러 드나드는 걸 보면 안쓰러움이 깊어진다.

며칠 전, 아들이 어렵게 틈을 내어 셋이서 외식을 했다. 장마철 햇빛 구경하는 심정이었다. 아들이 모셔간 자리, 좀 멀었으나 소문난 장어 전문 식당이다. 달군 숯불 위에서 자글자글 냄새가 벙근다. 소주 한 병 주문하여, 아내에게 한 잔 따르고 나머지는 내 차지. 한 잔에도 붉어지는 낯빛이라, 몇 잔 마시니 온몸이 붉은 능금빛이 되고 만다. 그만 드시라는 만류에, "이 아까운 걸…," 했더니 아들이 덥석 한마디 던진다. "술이 몸에 뭐가 좋아 넘치려고 하세요?"

양푼에 담긴 보리밥을 다투듯 떠갔던 숟가락들, 세상살이 먹고 사는 일이지 별거냐고 이른다. 음식 맛은 식자재가 아니라, 둘러앉은 사람들의 끈적이는 정일 게다.

잘 먹어서 탈나는 세상, 진정 배고픈 건 마음의 양식이 아닐까.

(2017)

의식의 끝자락

종잇장 같은 의식의 두께가 유지되고 있을까.

일전에 헤어질 때 입가에 번지던 노모의 얇은 웃음이 머릿속에 살아나면서 마음이 일렁인다. 얼른 방명록에 서명하고 신발을 슬리퍼로 갈아 신고 요양원 2층으로 오른다.

오후를 넘어선 햇볕은 가을을 맑게 익히는데, 실내 분위기는 회색 겨울이다. 세월이 쪼아 낸 얼굴의 주름과 희끗희끗한 머리칼, 입술 사이로 드러나는 몇 개의 치아, 구부러진 허리, 환자복 같은 유니폼을 입은 모습들이 가슴 벽걸이에 걸린 초상화다.

몇 사람은 로비에서 휠체어에 앉은 채 탁자를 마주하고 있으나 시선은 제각각이고 말이 없다. 방 모서리마다 놓인 침대 위에서 잠으로 생의 끝자락을 태우는 이들이 있는가 하면, 느린 걸음도 축복인 양 두엇이 복도를 이리저리 배회하기도 한다. 언어가 소멸하는 공간 속에서 대화는 화려한 꽃일지니, 이따금 들리는 혼잣말 소리마저 온기가 묻어난다.

한편에 자리한 면회소에 앉았다가 요양보호사가 밀고 오는 휠체어에 앉아 계신 어머니를 향해 다가가는데도 아무런 반응이 없으시다. 흐린 시야 속으로 겹치는 또 하나의 시야. 이제 사분사분한 목소리로 의식을 깨워드려야 한다.

나무 벤치에 앉아 마주한 어머니의 손과 팔을 주무르며 기억의 회로를 더듬게 한다. 겨우 찾아든 큰아들이라는 조각 하나, 울대가 불타듯 뜨겁다. 정신이 조금이라도 온전할 때 한 말씀이라도 더 듣고 싶어 자식이며 손자들 이야기로 힘을 돋우지만 아무 말씀도 안 하시고 시선을 떨구다가 뜻밖의 말씀을 하신다.

"ᄃ투멍 싸우멍 홀게 아니라이. 흔쪽이 어서지민 스라질 일인 걸 (다투며 싸우며 할 게 아니겠지. 한쪽이 없어지면 사라질 일인데)."

말씀의 발원지를 찾아 번개처럼 과거를 뒤진다.

부모님은 무학이고 빈손이었으나 근면을 자산으로 서서히 소작농의 설움을 극복하셨다. 몇 필지 밭을 사들이며 처음에는 밭농사 나중에는 귤농사로 8남매를 키우셨으니 등골이 몇 번씩 휘고도 남았으리라. 6남매를 대학까지 졸업시키며 자녀들의 성장 속에서 희망과 행복을 찾는 모습에 질투라도 하듯 행운의 여신은 등을 돌렸다.

큰 기대를 걸었던 넷째 동생이 명문대를 졸업하고 외무고시를 치르는 과정에서 정신장애가 왔다. 어머니는 아들의 운명을 품속으로 거두셨다. 모정이 무엇인지 30여 년 하루 세 끼 밥상을 차리면서도 절망, 슬픔, 숙명 같은 단어를 입 밖으로 내지 않으셨다. 사노라면 산이 골짜기가 되고 골짜기가 산도 되는 법이라 하시며 자식들에게 늘 긍정의 씨앗을 뿌리셨으니 그 힘의 근원을 헤아릴 수 없다.

선친이 돌아가신 지도 21년, 그간 시골집에서 장애아들과 둘이 지내면서 가슴 아픈 일들이 한둘이었겠는가. 간혹 어머니 얼굴에 드러나는 푸른 멍들이 선명함에랴. 그럴 때면 내 마음도 퍼렇게 멍이 들며 절망의 벽에 갇히곤 한다. 영원히 함께할 수는 없을 터이니 물고기 잡는 법을 가르치시라 말씀드려도 어머니는 귀 너머로 흘려버린다. 물고기를 주는 것이 어머니의 사랑법인 걸 어쩌랴. 당신의 손발이 허락한 시간까지 아들의 수발이 되셨으니….

한번은 느닷없이 동생이 내게 언성을 높인 적이 있다.

"돼지는 뭘 보고 잡아먹어요?"

몇 번 경험하지만 이런 상황에선 목소리를 같이 높여야 한다. 주고받는 말이 커짐에 따라 옆에 계시던 어머니의 얼굴이 파래지신다.

"좀쩜ᄒ라, 좀쩜ᄒ라(잠잠하라, 잠잠하라)."

되풀이되는 어머니 말씀을 기화로 겨우 상황을 추스른다. 그리고 시답잖은 말의 꼬투리를 추적한다. 그 일이 있기 얼마 전 동생은 돈을 좀 해주면 결혼하고 싶다는 말을 했었다. 상대를 만나보고 결정하자며 자리를 마련하라고 했더니 켕기는 것이 있는지 꼬리를 감춘다. 조건 없이 응해 주리라 기대했는데 실망한 마음이 붉으락푸르락 얼굴에 뜬다. 이따금 다방에 드나들며 종업원들에게 펑펑 차를 사주는 모양이라고 몇 번 종형한테서 들었었다. 아마 부잣집 아들로 여겨 돈을 뜯어내려고 꼬드기는지 모를 일이었다. 조금만 여유로웠어도 소원 풀라고 주머니에 헛돈을 좀 넣어 주었을 텐데.

"살암시난 좋은 세상 만낭 손가락 ᄒ나 ᄭᅡ딱 안 해도 밥 멍는 날도 있저(살다 보니 좋은 세상 만나 손가락 하나 까딱 안 해도 밥 먹는 좋은 날도 있구나)." 마른 잎처럼 힘이 소진할 때까지 활동하였기에 요양원 생활을 이렇게 표현하실까. 먹거리 준비하고 드나들며 집안 청소까지 마다하지 않는 큰며느리에게 고맙다는 말씀을 지금도 하실까.

이야기가 끊어지는 단절의 시간을 촉수로 잇는다. 살이라곤 느낄 수 없는 손과 팔 어깨를 주무르며, 이 왜소한 체구에서 한 생을 묵묵히 짊어지신 어머니의 심사를 헤아려 본다.

다시 찾아뵙겠노라며 자리를 뜨려 하자, 휠체어라는 단어를 모르는 어머니는 "니야까 저쪽으로 밀라. 강 죽 가정 왕 먹엉가라(리어카 저쪽으로 밀라. 가서 죽 가지고 와 먹고 가라)." 하신다. 지난번에도 죽 쑬 테니 먹고 가라 하셨는데….

입체에서 평면으로 스러지는 의식의 밑바닥에서도 자식들이 배고플까 걱정하시는 노모를 보며, 혼자 힘으로 세파를 헤쳐 왔다고 느끼던 마음이 홀연 허탈하다.

평생 하늘과 흙과 자식을 사랑하시는 어머니께, 마음의 큰절 올리고 계단을 내려선다. 높다란 청잣빛 하늘이 시린 가슴으로 내려앉는다.

(2017)

초록빛 가슴으로

오월이 초록빛으로 낭창거린다. 뭇 생명이 네가 있어 내가 있노라고 반갑게 껴안는다. 황홀하다.

그제는 코앞의 어버이날을 의식한 듯 막내아들이 나들이를 제안했다. 바쁜 시간을 쪼개며 함께하겠다는 마음이 고마웠다. 아내에게 물영아리오름을 오르자고 했더니 고개를 끄덕인다. 고향에 드나들며 수없이 눈으로 만나지만, 그 오름 오른 적 없는 아내의 세월이 야속하다.

먼저 부모님 산소에 들르기로 했다. 올봄에 두 번 다녀왔지만, 부재의 자리에서 뵙는 마음은 늘 회한의 통증이다. 널따란 친족 공동묘지에 도착하니 고사리 꺾는 아낙 몇이 눈에 띈다. 아뿔싸, 선조들 봉분이며 주위에는 온통 개민들레가 노란 꽃을 피웠다. 아름다운 화단이다. 얼마 후 벌초하려면 손이 많이 가겠지만, 생명을 보듬는 자연의 마음인 것을 어찌하랴.

어버이 산소에 큰절을 올린다. 평생 땅 일궈 자식들을 키우신 노고를 생각하니 가슴이 아려 온다. 어머니는 지난 1월 선친 옆에 잠드셨다. 20여 년 만에 두 분은 무슨 말씀을 나누실까. '높은 디 올랑 보민', 삶의 화두를 던지시고 유언인 양 미소를 지으시던 어머니의 마음을 어이 다 짚으리.

일전에 카톡을 건너온 〈어머니의 편지〉란 글이 눈가를 젖게 했다. 우리 시대의 어머니는 별반 다름없는 인생을 사셨으리라. 자녀를 사랑으로 낳아 키웠으며, 밥 지어 먹이는 걸 소임으로 알았던 어머니는 '어머니'시다. 수식어 없이도 빛나는 별이다. 정성껏 살아라. 지혜로운 맺음이 종소리로 울린다.

목재 계단을 밟으며 물영아리오름을 오른다. 조금 올라도 숨이 차다. 계단 양옆에서 줄지어 피어난 새우란이 힘내라 응원한다. 맨 뒤에서 그림자처럼 따르며 안전에 마음 쓰는 아들이 듬직하다. 거북이걸음으로 올라가다 달팽이 걸음으로 쫓아오는 아내에게 한마디 한다. "처음이자 마지막일지 모르니 힘을 내세요." 즉시 아내가 이어받는다. "근력을 키워서 몇 번 더 와야지요." 누렇게 시든 말을 할 때면 주저 없이 푸른색으로 덧칠한다.

정상에 올라 한숨 돌리고 굼부리를 향해 내려갔다. 간간이 사진작가들을 만난다. 여럿이 카메라 앵글을 맞추는 곳으로 눈길을 보낸다. 이름 모를 나무에 피어난 쪼그만 꽃이 웃고 있다. 화려함이 없어 매혹적인가. 아는 만큼 보이는 거라고 진지한 표정들이 인상적이다.

마지막 계단 옆으로 난 데크에 서서 황량한 풍경에 가슴 엔다. 찰랑대던 예전의 풍부한 물은 어디 가고, 누렇게 마른 수초들만 주검처럼 서 있을까. 한복판에는 고작 서너 바가지의 물이 갈증을 호소하고 있다. 람사르습지에서 물이 물을 달라는 아우성은 뉘 탓일까.

주변의 나무들은 푸른 잎으로 생기가 넘친다. 그간 분화구를 젖줄로 허기를 모르고 자란 듯하다. 자연은 만물의 어머니여서 수목을 키우고 사람의 시름을 잦게 한다.

되돌아선다. 길을 잘못 들면 오를 때도 내릴 때도 꽃을 못 보는 법, 내 생의 길섶엔 무명초 한둘이라도 피어날까. 도란거리며 하산하는 걸음이 가볍다. 아들이 예약한 맛집을 향하며 자동차도 신난다.

초록빛 가슴으로 세상을 안아야지. 내가 웃어야 거울도 웃는다지 않는가. 햇볕으로 등 데우며 행복해야겠다.

빛과 색과 소리로 난장인 오월, 사랑한다는 말도 하며 칭찬 받은 고래처럼 살아 볼 일이다.

(2019)

비양도에서

관광객들이 제주도를 두루 누빈다. 육지에서는 물론 국경을 넘어서도 많이들 온다. 나는 토박이면서도 아직도 못 가 본 곳이 수두룩하다. 여유가 없는 삶이기도 하였고, 고향에서는 예언자가 대접을 받지 못하듯 그곳이 그곳일 것이란 선입견도 한몫해 왔을 테다.

얼마 전 스마트폰으로 메시지 하나가 날아왔다. 향우회에서 비양도 탐방을 계획하니 함께 할 회원과 가족은 신청하라는 내용이었다. 내자와 함께 참석하겠노라고 얼른 회신했다.

탐방 가는 날, 우리는 의견을 나누며 야외활동복을 골랐다. 아내는 빨간색 점퍼와 보라색 바지를, 나는 청색 점퍼와 갈색 바지로 정했다. 둘 다 챙이 넓은 모자를 쓰고 운동화를 신으니 제법 활동적인 사람으로 변신한다. 편한 복장에 마음도 홀가분하다.

소풍을 기다려 온 아이처럼 설레는데, 회색으로 채색된 하늘이 야속하게 이슬비를 내려놓고 있다. 예정대로 간다기에 가까운 정류소에서 버스를 타고 집합 장소인 터미널 앞에서 내렸다. 늦지 않으려고 서두른 탓에 예정된 관광버스가 오기까지는 시간이 많이 남왔다. 은행 건물 처마 밑에서 잠시 는개를 그으며 아침 풍경에 젖는다. 다행히 서편 하늘은 연청색으로 변하며 갠 날씨를 예고한다.

바로 앞에서 할머니 한 분이 버스에서 내려 길을 건넌다. 활처럼 휜 등을 지고 아침 일찍 어디로 가실까. 빈손인데도 무척 느린 걸음이다. 횡단보도 몇 미터 앞에서 길을 가로지르는 위태한 걸음, 신호등은 아랑곳하지 않고 빨강으로 바뀐다. 절반은 더 걸어가야 하는 상황이다. 아직 정차한 차량은 움직이지 않고 할머니를 응시한다. 세월의 더께를 존중하는 운전사들의 마음이 아침 햇살처럼 곱다.

향우회원 27명을 태운 관광버스는 한림을 향해 달리기 시작한다. 이번 행사를 기획한 청년회장이 오늘의 일정을 설명한다. 감귤나무에 농약을 치려고 불참한 회원들이 많아 유감이지만 그만큼 예산이 늘었으니 푸짐하게 쓰고 오자며 너스레를 떤다. 이어 회장의 인사말이 끝나고 찬조금을 낸 회원들이 소개되자 힘찬 박수가 쏟아졌다.

둘러보니 내 나이가 제일 많다. 세월은 쏜 화살과 같다더니, 인생은 참으로 무상하다. 불현듯 노릇이란 단어가 떠올라 마음이 무겁다.

가끔 자동차를 타고 서쪽 일주도로를 달리노라면 한림이나 협재에서 코 닿을 거리에 오뚝 솟아올라 눈길을 당기던 미지의 섬, 비양도. 어떤 곳인지 궁금증이 증폭된다. 이윽고 97명 정원을 태운 도항선이 9시에 한림항을 출발하여 물길을 가른다. 고작 15분 정도 엔진이 숨을 헐떡이기 시작할 무렵, 비양도 선착장에 닿는다. 포구 주변에 비양봉을 등지고 집들이 옹기종기 몰려 있다.

일행은 시멘트 둘레길을 시계 방향으로 걷기 시작한다. 해녀의 숨비소리가 묻힌 바다는 어디서나 애잔하다. 대부분 제주 여인을 해녀로 길러 고난을 이겨내게 했던 바다는, 자맥질하던 어머니의 옛 모습도 기억한다는 듯이 잔잔하게 일렁이고 있다.

114미터 높이의 비양봉을 오른다. 맨 꽁무니에서 나무데크 계단을 밟노라니 폐타이어 발판이 깔린 길이 이어진다. 내 시야도 점점 높고 넓어진다. 얼마 후 양옆으로 이대가 자라 터널을 이룬 곳을 지나자 풀 한 포기 없는 흙길이 나타난다. 심하게 살갗이 벗겨져 통증을 호소하는 듯하다. 엊그제 염소가 비양봉의 환경을 파괴하고 있다는 신문 기사의 현장을 직접 보니 더욱 안타까운 생각이 밀려든다. 염소는 한 마리도 눈에 띄지 않지만, 콩알 같은 새까만 배설물이 산재해 있다. 이곳에서 방목되고 있다는 확실한 증거가 아니랴.

정상에서 사방을 둘러본다. 두 개의 분화구가 사이좋은 이웃이다. 눈에 담기는 풍경이 마음을 뻥 뚫으며 기분을 올린다. 어디서 날아와 비양도飛揚島란 이름을 얻었을까. 아직도 멀리 날아가고 싶을까 아니면 꾹 눌러앉겠노라고 마음을 다잡았을까. 가까이 선 하얀 등대가 왠지 눈엣가시다. 쪼끄만 인공의 몸체가 자연의 정수리를 눌러앉는 오만함이 풍긴다. 짓누르는 거만함을 읽는다. 자연은 인간을 품어 안을 수 있지만, 인간이 자연을 품는 건 역부족 아닐까.

야자 매트 깔린 하산길이 매우 가파르다. 주변엔 들깨가 싱싱하게 무리 지어 길을 호위한다. 가로지른 발판들이 묵직하게 도드라지지 못해 아차 하면 구르기에 십상이다. 나는 게걸음으로 조심조심 걷는다. 살아오면서 바르게 걷지 못한다고 게를 나무랐던 게 미안하다. 자신의 잣대만 들이대는 잘못을 반성하게 된다.

고대하던 점심시간이다. 특별주문이라 식당 상차림이 푸짐하다. 생선과 갈치구이, 소라와 문어, 자리회무침과 군부무침 등 해산물은 물론이고 흑돼지고기 구이도 넉넉히 놓여 있다. 청년회장에게 쥐꼬리만 하게 성의를 표했더니 금일봉을 주셨다고 알리며 네댓 명을 덧붙여 호명한다. 소주 맥주 막걸리도 빠질 수 없다. 몇 차례 건배사마다 술잔이 비고 채워지며 자연스레 담소가 오간다. 아내도 맥주를 석 잔이나 들이켜고 나는 소주 다섯 잔에 그만 불콰해졌다.

예약한 배를 타기엔 아직 시간이 많이 남았다. 남자들은 식당 마당에 멍석을 깔고 윷놀이를 즐기고 여자들은 가까운 카페로 향한다. 나는 술을 깰 양으로 바닷가를 배회한다. 화산 폭발 때 녹아내린 까만 바위들이 두둘두둘 돌기를 세웠다. 무수히 깔린 돌멩이들도 그 모습이 제각각이다. 모오리돌은 별로 안 보인다. 예리하게 각진 개성파들이 모서리를 깎으며 둥그러지려면 얼마의 세월이 더 필요할까. 내 마음이 몽돌처럼 둥그러지려면 또 얼마의 풍파를 견뎌내야 할까.

길섶으로 올라와 이름 모를 풀꽃에 눈길을 보낸다. 조그만 나비 몇 마리가 살포시 날갯짓하며 찾아든다. 하얀 나비와 연갈색 나비들이 볼일을 마친 듯 다시 중력을 따돌리며 날아간다. 먼 나들이를 하는가 하면 바닷물 위까지 둘러보고 오기도 한다.

비양도가 더는 파괴되지 않고 SBS 드라마 〈봄날〉이 촬영됐던 아름다운 풍광이 그대로 보전되기를 빌며 돌아가는 배에 오른다. 어쩌면 마지막 발길 같아서 석별의 정이 뭉클하다.

때론 행복했던 시간을 꺼내 보며 추억할 것이다. 비양도여, 안녕.

(2018)

호기심

달뜬 호기심을 참지 못했을까.

주일 미사가 한창 진행되고 있을 때 참새 한 마리가 성당 안으로 날아들더니, 벽면의 커다란 십자고상의 가로대에 내려앉는 게 아닌가. 신자들의 수많은 시선을 아랑곳하지 않고 사방을 둘러본다. 잠시 분위기를 파악하더니, 이 녀석은 탈출의 문을 찾는 듯 이리저리 날아다닌다. 창문틀에 앉기도 하고, 천장을 향하기도 하며, 곡예단원처럼 길게 늘어뜨린 마이크 줄에 머물기도 한다.

아이들은 끊임없이 질문하면서 지적 울타리를 넓히고 궁금증을 해결해 간다. 아기는 어디서 태어나느냐는 물음에 다리 밑에서 주워 온다는 대답을 듣고 머리를 갸우뚱하던 시절이 지나노라면, 직간접적인 체험의 알갱이들이 지식의 창고에 쌓여 간다. 그래도 목마름 하는 것들이 얼마나 많은가.

나는 고등학생일 때 이성에 대한 호기심이 자라기 시작했지만, 심각할 정도는 아니었다. 현실에서 이성 교제가 불가능했으므로 가끔 상상의 연극에서 혼자 일인이역을 해댔던 것 같다.

남수각이라 불리는 곳의 인근 언덕을 절개하여 세 개의 계단처럼 대지를 만들고 초가집 몇 채가 들앉았는데, 나는 맨 윗집의 방 하나를 얻어 자취하고 있었다. 무더운 어느 여름 일요일 오후였다. 아랫집 뒤란에서 간간이 물을 퍼붓는 소리가 들려 나도 모르게 담장 아래로 시선을 보냈다. 아뿔싸 이런! 그 집 아주머니가 목욕 중이지 않은가. 확 붉어지는 시선이 잠시 머물렀다. 여체의 뒷모습에 알 수 없이 가슴이 쿵쾅거렸다. 그 후론 영영 그곳에서 그때의 물소리는 들리지 않았다.

주검에 대한 호기심도 컸었다. 어릴 때는 죽음이 풀벌레를 통해 구체화했고, 숨이 끊어져 움직임이 없는 상태라고 알았다. 그러나 사람이 죽으면 어떤 모습으로 변할까 궁금했다. 대학생이 되어 한 학기를 마쳐 갈 즈음이었다. 오후 늦게 금강변 모래사장에서 체육 강의가 있었다. 영어교육과와 사회교육과 학생들이 합동 강의를 듣고 나서 과대항 축구시합을 했다. 지도교수는 학생들에게 강물은 위험하니까 들어가서 수영하지 말라고 당부했다.

저녁노을은 아름다웠지만, 운명의 손은 거칠었다. 몇 명의 학생들이 땀에 젖은 몸의 열기를 강물에서 식히고 있을 때, 향우회의 한 회원이 헤엄치다 물속으로 휩쓸려가 버렸다. 여기저기서 횃불을 밝혔으나 친구의 모습은 보이지 않았다.

이튿날 아침 일찍부터 여러 명의 학생이 강물 속을 뒤지기 시작했다. 나는 공주산성을 휘돌아 금강대교 아래를 지나오는 강물의 정체를 살피며 친구를 찾았다. 강바닥에는 움푹움푹 웅덩이들이 파였고 조그만 물고기들과 알 수 없는 수초들이 자라고 있었다.

얼마 후 좀 떨어진 곳에서 "찾았다!"라는 외침이 들렸다. 반쯤 모래에 묻힌 하얀 주검을 처음으로 보았다. 숨만 쉬지 않을 뿐 평소와 다름없는 모습이었다. 뭍으로 들어 올려 대기하고 있는 차량으로 옮길 때 나는 친구의 다리 하나를 들었을 뿐인데도, 매우 무겁게 느껴졌다. 죽음이란 의미가 마음을 무겁게 누른 탓이었을 것이다.

신부님의 강론이 이어지고 있다. 하느님을 만나는 단계를 설명하신다. 첫 출발은 침묵이다. 소리를 닫고 눈을 감은 채 마음을 비우노라면 고요 속으로 가라앉으며 내면에서 기도가 탄생한다. 기도는 사랑의 싹을 틔우고, 봉사의 줄기를 키운다. 시간과 더불어 거룩한 거목으로 자라면서 하늘의 소리를 듣게 된다. 마침내 하나가 되는, 일치의 삶이 이뤄진다는 말씀이다.

교단에서 정년으로 퇴임하고 나서야 일상으로 메말랐던 감정들이 다시 살아난다. 깊이 잠들었던 호기심들이 기지개를 켠다. 새로운 눈은 새로운 세상을 안겨 준다. 가까이에서 늘 보았던 존재들이 온통 신비롭다. 나무 한 그루, 풀 한 포기가 새롭게 보인다. 미지를 향한 걸음으로 몸살을 앓기도 한다. 생과 사는 어디에 숨었다 어떻게 나타나는 것일까.

나는 치열하게 인생을 묻지 않기로 한다. 저 작은 참새에게서 답을 찾는다. 인간이 참새처럼 창공을 날 수 없다는 사실은, 모든 피조물이 귀하게 빚어졌다는 표징이 아니겠는가. 존재하도록 태어났으니 열심히 행복하게 살면 되지 않겠는가.

어느 추기경은 "앞으로 한 시간밖에 살 수 없다면 무엇을 하고 싶은가?"라는 질문에 "지금 하는 일을 더 잘하고 싶다."라고 하셨단다.

지금 나는 글을 쓰고 있다. 글쓰기를 통해 삶에 향기와 빛깔이 더해지고 영혼이 아름다워지기를 고대하는 것이다.

참새는 인간의 마음을 읽고, 거룩한 소리를 들었을까. 혹시 '인간 세상 별거 아니네.' 하며 도로 바깥세상으로 날아간 건 아닐까.

묵상해야겠다.

(2017)

작명

요리조리 생각을 뒤적여도 옥구슬 같은 이름이 떠오르지 않는다. 맑은 어감이 귓속으로 또르르 구르면 포근히 안아 주고 싶은 여아 이름을 헤아리다, 하이데거의 명언 앞에 멈춰 선다. '언어는 존재의 집'이라는 말을 겸허히 수용할 수밖에 없다. 우리말의 50여만 단어 중에 내가 사용하는 어휘는 한 움큼이나 될는지 부끄럽다. 좁디좁은 내 사고의 영역이라니.

큰처남네가 두 번째 손녀를 보았다. 며느리의 분만 예정일을 앞두고 며칠 전부터 처남은 내게 이름을 지어달라고 부탁했다. 작명의 기초도 모르면서 삼 년 전에 첫 손녀의 이름을 지어 준 과거사가 있어서다.

나는 작명과 관련해서 명리학이나 음양오행설 근처에도 가 본 적이 없다. 그저 부르기 좋고 뜻이 좋으면 된다는 믿음에서다. 옛사람들은 작명의 원리에 충실했겠지만, 인생의 모습은 각양각색이었음을 상기할 때 내 생각이 분별없다고만은 못 할 것이다.

아들 셋의 이름도 소박하게 지었다. 온갖 행운이 함께하길 기원하며 자녀의 이름을 짓는 건 어느 부모나 마찬가지일 테다. 아직까진 모두 별 탈 없이 살아가는 걸 보며, 작명가의 손을 거치지 않아서 미안하다고 여긴 적은 없으니 다행이라 생각한다.

내 이름은 누가 지었는지 부모님께 여쭌 적이 없어 잘 모르겠다. 아마도 한문을 하신 백부님이 짓지 않았을까 짐작할 뿐이다. 뜻은 그런대로 수용할 만하지만, 발음이 매끄럽지 못해 다소 못마땅하다. 소싯적 초등학생이었을 때는 '보건체조'라고 아이들이 놀려댔다. 놀림거리가 아닌데도 그때는 그게 싫었다. 성인이 되어 내 이름을 불러줄 일이 생기면, 복숭아 할 때 '복', 언제나 할 때 '언' 하는 식으로 불필요하게 설명해야 하는 경우가 많다. 또 지인 중에 가끔 '복원'으로 쓰는 경우를 보게 되면 쓸쓰레함을 삼키곤 한다. 내 이름의 어두운 면이다. 이제 어쩌랴, 개명하기에는 나이테가 많아졌으니 나의 정체성을 대표하도록 그대로 둘 수밖에.

대부분 일이 양면성을 지니듯이, 내 이름에도 다소 밝은 면이 있다. 인터넷을 뒤져보아도 동명이인이 거의 없다는 사실이다. 오로지 나뿐이기에 혼동할 염려가 없으며 그만큼 소중히 여겨야 할 당위성을 갖는다. 개명 사유에 올리는 정말 웃지 않을 수 없는 이름 속에 들지 않는 것만으로도 다행으로 여긴다.

사람의 이름뿐만 아니라 사물에 이름을 붙일 때도 나름대로 어떤 사연이 있었을 테다. 특정한 의미를 강조한다든지, 특징을 드러낸다든지 아니면 최초 명명자의 의도를 표출했을 것이다. 그렇다 보니 동식물 중에도 말할 줄 안다면 개명하겠노라고 목소리 높일 놈들이 적지 않을 듯하다. 저마다 아름다운 이름을 갖겠노라고 피켓을 들고 시가행진을 하지 않을까 싶다.

얼마 전 몇 개의 비속한 식물명을 예쁜 말로 개명했다는 기사를 읽었다. 개불알풀을 봄까치꽃, 며느리밑씻개를 가시모밀, 소경불알을 알더덕, 중대가리나무를 구슬꽃나무로 바꿨단다. 아름다운 이름을 얻어 환하게 웃으며 더덩실 춤추는 모습이 연상된다.

동네 어귀에 새로 2층 건물이 들어서더니 아래층에 카페가 생겼다. '12월'이란 상호를 달았다. 축하 화환들을 본 적이 없어 개업했을까 의아해하며 지나다닐 때면 유리창 안을 슬쩍 들여다보곤 한다. 어떤 때는 텅 비기도 하고 가끔은 서너 명이 탁자 주위에 앉은 모습을 만나기도 한다. 상호 주위를 형광 불빛으로 장식하는 것으로 보아 개업하고 손님을 부르는 몸짓임이 틀림없다. 그러함에도 겨울처럼 고독한 풍경만 팽배한 공간이라니, 생의 줄기는 고단한 양식을 필요로 하는가 보다.

12월, 12월…. 몇 번이고 되뇌어 본다. 인생의 겨울 길목에 들어서는 나를 부르는 것만 같다. 문학의 향기가 배어나는 듯도 하다. 알 수 없는 궁금증이 생겨 엊저녁에는 캐주얼 복장을 한 채 혼자 문을 열고 들어섰다. 넓은 공간에는 손님이 아무도 없었다. 침묵만이 천장에 매달린 이름 모를 화초 줄기들과 놀고 있었다.

화장기가 풍기지 않는 소박한 얼굴의 젊은 여주인에게 상호를 짓게 된 연유를 물어보았다. 12월에 탄생한 부모님을 기념하는 의미라고 한다. 아울러 열두 달은 열두 개의 달을 모두 품는 달이니 만사형통을 기원하는 의미라고 덧붙인다.

커피 한 잔 마시고 일어서며 사업이 번창하길 기원한다고 덕담을 보냈더니 환한 웃음으로 다시 오시라며 답례한다. 생계를 꾸리는 일이 낭만의 시간이었으면 얼마나 좋으랴.

빛깔과 향기를 드러내는 제 이름을 갈구하는 김춘수의 마음을 헤아려 본다. 하나의 몸짓을 꽃 같은 이름으로 명명할 수 있기를 갈구한다.

이 순간에도 나와 연을 맺은 손녀의 아름다운 이름을 찾아, 온 우주를 들추고 있다.

(2019)

3부

빨간 장미를 죽이다

살아 있는 표현을 모셔 오리라 다짐합니다. 그래서 내
글밭에 가득 피어난 빨간 장미를 모두 잘라 버리기로 합
니다. 오래전부터 너나없이 눈독을 들인 결과 빨간 장미는
미라가 되었음을 깨달았습니다. 무슨 수로 숨결을 불어넣
을 수 있겠습니까.

오월의 화단에서

작약꽃을 바라본다. 꽃은 수줍어 웃고 덩달아 나도 마냥 웃고.

서재 앞 손바닥만 한 화단이 오월 볕으로 흙을 흔들면, 화초들은 너나없이 걸음을 재촉한다. 샐비어가 무수히 싹 터 아장대고, 백합은 키 올려 몽우릴 매단다. 홍자색 자란꽃이 눈길 달라 보채고, 작약꽃은 큰언니처럼 잔바람 껴안는다.

오가며 작약꽃과 나누는 눈길, 정인처럼 예쁘다. 작약은 진분홍 꽃망울에서 꽃잎을 펼쳐 연분홍 입술로 활짝 웃고, 한세상 살아가며 시나브로 빛깔을 내려놓는다. 소복으로 갈아입고 하늘 우러러 가녀린 숨결을 거둔다.

낙화는 꽃의 철학이다. 허공에 길을 내며 무수히 언어를 박아 놓는다. 마주치는 사람마다 꽃의 서사를 눈에 담고, 귓속에 저장한다. 져야만 필 수 있는 자연의 섭리, 생명은 애잔하고 아름답다.

생을 채운 꽃잎들 날개 접고 내린다. 경계를 넘는 저 가벼움, 내 가슴엔 수채화로 걸리고.

(2019)

동행하는 숨결

봄이 성숙하여 찬란하다.

나의 작은 정원에는 햇빛이 화사하게 넘치고, 화초와 수목이 환하게 웃고 있다. 짙푸른 나뭇잎들이 마음을 순화시키고, 갖가지 꽃들이 행복을 간질인다. 오래도록 붙잡고 싶은 시공간이다.

육 년 전 시내 변두리인 도련동으로 이사한 것은 행운이었다. 시골에 사는 셋째 처남의 아들딸이 제주시 소재 고등학교로 진학하게 되자 숙식을 도와달라는 부탁이 계기가 되었다. 마음이 움직이니 이십여 년 정든 집이었지만 활활 털어 나오고 싶었다. 사방이 건물로 막히고 손바닥만 한 터여서 갑갑함을 벗어나지 못했다. 매물로 나온 집들을 몇 군데 둘러보다 인연을 맺은 곳, 돌보지 않아 묵정밭이 돼 버린 대지에 지은 지 십여 년이 지난 단층 기와집이었지만 예전보다 훨씬 넓으니 마음도 넉넉히 숨통을 트게 했다.

여름 땡볕도 아랑곳하지 않고 잡풀을 제거하고 돌덩이를 치우며 정원의 틀을 만들었다. 작은 텃밭을 남기고 일부는 잔디와 보도블록을 깔았다. 오일장을 드나들며 감, 사과, 자두, 대추, 매실, 비파,

석류, 보리수, 앵두를 맺어 줄 과실수를 한두 그루씩 사다 심었다. 군데군데 소나무, 먼나무, 산딸나무, 단풍나무, 화살나무, 배롱나무를 정원수로 들였다. 장미, 국화, 송죽엽, 작약, 목단, 개나리, 튤립, 샐비어, 진달래, 영산홍, 철쭉도 함께하게 되었다. 20여 년 취미로 가꿔 온 많은 분재를 보도블록 위에 배치하니 정원은 나무들의 왕국이 된 느낌이다.

화초와 나무들은 나의 돌봄을 생각하며 좋은 만남으로 여기지 않을까. 나도 그것들을 통해 생명의 신비를 느끼고 자연의 숨결을 듣는다. 상생을 위한 아름다운 소통이다. 흙 내음이 전하는 포근한 분위기는 무거운 인간사를 감내하게 한다.

돌아보면 인생의 굵은 마디들은 운명이 빚은 사건들이다. 의지와 상관없이 태어난다는 것부터가 순명을 요구함이 아닌가. 그런데도 세상살이가 녹록지 않아 거친 반항아가 되기도 한다. 살라 하면서 왜 고난을 밟고 가게 하는 것일까.

내게도 통곡의 강을 두 번씩이나 건너게 했다.

행복한 신혼을 시샘한 것일까. 두 살, 네 살 두 아들을 남기고 건강이 자산이라던 아내는 며칠 앓더니 허망한 이슬처럼 눈을 감았다. 어찌 내 심사를 표현할 수 있을까. 화창한 오월이면 꽃 지는 응어리로 가슴이 굳는다. 38년 세월 동안 한 번도 현몽한 적 없으니, 슬픔을 지우려는 지극한 마음일까. 사랑하기 때문에 떠나보내야 하는 역설일까. 생명 앞에 서면 늘 경외심이 일렁인다.

화불단행이란 말을 증명이나 하듯, 몇 년 후엔 한쪽 눈을 실명하는 사고를 당했다. 친목 단체의 여름 바닷가 야유회에서였다. 회원 한 분이 내가 드리운 낚싯줄을 들쳐 올리며 납봉돌로 왼쪽 눈을 내리친 것이다. 보람도 없이 서울의 큰 병원에서 몇 달 입원하고 퇴원하던 날, 택시에서 내려 잠시 길가에서 어지러운 머리를 안정시키고 있었다. 하필 그때 한 소경이 한 손에 성경책을 들고 다른 손으로 지팡이를 쥐어 바닥을 두드리며 지나갔다. 순간 침묵의 소리가 가슴을 울렸다.

'앞 못 보는 사람도 저리 사는데 너무 슬퍼하지 말고 한 눈으로 세상을 밝게 보아라.'

고향으로 내려와 새롭게 내 손을 잡아 준 아내와 함께 성당 문을 두드렸고, 일정한 교리 교육을 받고 세례를 받았다. 몇 번 냉담 기간을 거치면서 보낸 30년 신앙생활은 아직도 걸음마지만, 자연 속에서 하느님의 숨결을 느끼며 위로를 받는다.

주변의 생명체들을 보면 하나도 허투루 만들어진 것이 없다. 하루살이의 모습을 사진으로 보면서 세밀하게 만들어진 날개에 시선이 머문다. 잠깐이면 생을 마칠 미물에게도 인간에게 없는 능력을 부여한다는 것은 큰 사랑을 깨닫게 함이 아니랴.

정원에는 송죽엽 붉은보라 꽃이 무리 지어 귀부인의 자태를 뽐내고, 빨간 장미가 정열적인 아가씨의 눈웃음을 펼친다. 쑥갓도 채소로 보시하더니 대를 키워 코스모스 닮은, 노란색과 가운데는 노랗고 가장자리는 하얀 두 종류의 꽃을 피웠다. 하귤꽃과 인동꽃의 향내가 벌을 부르고 후각을 깨운다. 한겨울에 볼품없이 자잘하게 흰

꽃을 피웠던 비파나무는 송이송이 열매를 맺어 성급한 새들을 불러들인다.

몇 년 전 텃밭 귀퉁이에 딸기 모종 세 그루를 심었더니 사방으로 널리 퍼지며 열매를 빨갛게 성숙시키고 있다. 진즉부터 개미나 벌레와 반반씩 나누자고 묵약하며 잎사귀 속을 살핀다.

텃밭에 심은 고추와 피망, 들깨와 상추, 오이와 호박의 어린 싹들에 목마르지 않도록 넉넉히 물을 준다. 나는 작은 보살핌을 펼치고, 자연은 크게 돌볼 것이다.

인간은 자연과 거대한 관계망을 만들며 영원토록 동행하리라. 우리는 사랑의 숨결로 살아가도록 태어난 존재일 것이다.

(2017)

빨간 장미를 죽이다

햇살이 여기저기서 뒹구는 따스한 오월입니다. 나는 계절의 춤사위에 녹아들지 못하여 심란합니다. 마음의 곳간이 텅 비었습니다.

누군가는 말했습니다. 아름다운 문장을 많이 가진 사람이 부자라고. 무겁게 황금을 짊어진 사람이 아니라니, 부자로 살 수 있다는 희망은 얼마나 큰 위안입니까. 그래서 요즘 우당도서관엘 들락거립니다.

대출받을 다섯 권이 책을 고르기 위해 서가의 책들과 눈 맞춥니다. 시와 수필에 관련하여 책의 가슴을 열어 봅니다. 특히 붕어 없는 붕어빵의 정체성을 떠올리며, 껍데기 시인임을 속죄하기 위해 시심을 일구는 책에 눈길이 많이 갑니다.

책을 읽노라면 글이 우주임을 실감합니다. 광대무변의 은하수를 폴짝폴짝 건너다니게 합니다. 반짝이는 문장을 만나면 희열에 싸여 즉시 대학노트에 적어 놓습니다. 이를테면, '피는 꽃이 소를 살짝 들어올린다.'는 표현은 그 얼마나 시적입니까. 시인의 상상력과 창의력이 놀라워 숨이 멎을 듯합니다. 종이 위에 눌러 놓아도 꿈틀거리는 시를 쓰라는 충고, 명징한 죽비에 섬뜩합니다. 정신이 번득 깨어나며, 절망하지 못해 절망하는 사람들과 동행하고 싶어집니다.

글은 사람이라 하지 않습니까. 그래서 글쓰기에서 자기 성찰은 필수적입니다. 알면서도 깊이 실천하지는 못합니다. 어제는 이런 글을 읽으며 부끄러움의 벼랑 아래로 뛰어내렸습니다. '시를 읽고 쓰고 있는 시간에는 제 텅 빈 내면의 구석구석을 적나라하게 보게 됩니다. 안 본 데 없이 보고, 혹시 안 본 데 없나 보고, 본 데 또 봅니다. 내면의 창틀에 방금 내려앉은 먼지 하나까지 면봉으로 훑어 들여다보게 됩니다.'

살아 있는 표현을 모셔 오리라 다짐합니다. 그래서 내 글밭에 가득 피어난 빨간 장미를 모두 잘라 버리기로 합니다. 오래전부터 너나없이 눈독을 들인 결과 빨간 장미는 미라가 되었음을 깨달았습니다. 무슨 수로 숨결을 불어넣을 수 있겠습니까. 아직 숨이 붙어 있는 검은 장미는 살려 두려 합니다. 가시 박힌 혀로 붉은 목소리를 내는 그런 장미를 만들 수 있으면 참 좋겠습니다.

잠시 뜰로 나갔습니다. 서너 군데 심어 놓은 장미가 꽃을 자랑합니다. 그놈의 빨간 장미가 자길 죽여 보라고 비아냥거립니다. 이때 분노하며 낫을 휘둘러야 하는데 그러지 못하고 나도 그만 붉게 동화되고 맙니다. 참담하다는 말은 입 밖으로 새어나길 포기합니다.

이때 왜 하필 하얀 나비 한 마리가 다정큼나무의 시드는 꽃에 날아와 날개를 접는지 모르겠습니다. 하얀 나비를 노랑나비라 하고 한 마리를 두 마리라 해도 될지 모르겠습니다. 그것은 본질이 아닐

테니까요. 날개를 수평으로 펼치지 않고 수직으로 접는 나비의 마음을 끄집어내면 될 것입니다. 사랑 배려 본능 관습, 많은 단어를 소집해도 침묵합니다. 그렇다면 인사법이거나 식사법일까요. 혹여 진한 포옹은 아닐는지요. 숙제로 남겨 놓습니다.

지금 읽는 글에는 독서법을 바꾸라는 조언을 하고 있습니다. 제목만 읽기도 하고, 빠르게 건너뛰기도 하고, 때로는 뒤에서 앞으로 읽으라 합니다. 책을 거꾸로 들고 읽으면 독서의 백미일지 모르겠습니다.

휘파람새의 노래가 서재의 창을 넘어옵니다. 언어가 인간의 집이 듯이, 노래는 새의 둥지일 것입니다. 새의 노래도 낡았습니다. 새가 시 낭송을 한다고 생각해 봅니다.

어느 시인의 시 한 행을 떠올립니다. 왜 사느냐는 물음에 '외상값'이라고 대답했지요. 휘파람새에게 '외상값'이 없어 참 좋겠다고 전하니, 노래가 외상값 갚는 노역이라 합니다. 생이란 자연에 지는 빚이라고 주석을 답니다.

오늘 밤 꿈엔 떨어진 빨간 장미 꽃잎을 한 줌 주워서 책갈피마다 묻어 주게 될 것만 같습니다. 아직 나는 살아 있으므로.

(2019)

침묵을 들으며

죽음은 침묵이다. 다시 세상으로 소리를 낼 수 없다. 어디론가 흩어졌을 생의 소리를 다시 불러들이는 것은 산 자를 비추는 등불일 것이다.

생리작용을 위해 몸이 깊은 잠을 흔들었다. 새벽 세 시쯤에 눈을 뜨니, 멈췄던 기계가 돌아가듯 감각기관이 살아난다. 이중창을 뚫겠다는 바람의 아우성이 야멸치다. 누구에게나 격정의 시간은 있게 마련인가. 마당으로 나서니 흥분한 바람이 마른 제 가슴을 두들기며 분탕질이고, 별이 없는 희뿌연 하늘은 이런 모습을 멀거니 내려다보고 있다.

아픈 배를 살살 문지르듯, 시간은 마음을 다스리는 손인가 보다. 아침 공간에는 바람이 순해졌고, 는개가 대지에 봄의 씨앗을 뿌리고 있다. 우산 받쳐 들고 조신하게 대문을 나선다. 튀어 오를 빗방울이 아니지만, 사분사분 걸어야 소리들이 다가올 듯하다. 눈이 즐길 만한 풍경이 펼쳐져 있지 않으니 귀라도 활짝 열어야겠다.

어디서 읽었던 글의 작은 얼개가 떠오른다. 몸이 천 냥이라면 눈은 팔백 냥이라고 한다. 그런데도 귀가 눈의 형이란다. 들도 보도 못한다는 표현에서도 그렇고, 안과라는 단과반장보다는 이비인후과라는 복합반의 반장이 위라는 것이다. 그뿐인가. 눈은 뒷모습을 볼 수 없지만, 귀는 사방의 소리를 다 들을 수 있는 능력의 소유자가 아닌가.

인체의 모든 기관은 고유한 기능이 있을 터, 특히 오감이라면 그 경중을 가릴 수는 없다. 어느 것이나 제 기능을 잃으면, 불편을 넘어 삶의 생기까지 말라 버리게 된다.

이가 없으면 잇몸으로 살아야 하듯, 나는 약한 청력의 불편을 견디며 살고 있다. 돌발성 난청으로 몇 차례 며칠씩이나 병원을 드나들었고, 한평생 이명을 벗하고 있다. 젊은 시절, 예비군 훈련을 받으며 귀마개 없이 M1 소총으로 사격을 하다 총소리에 놀라 귀가 기절해버린 것이다. 그 후론 귓속에서 매미 소리가 계속 울어대는데 피할 방도가 없었다. 몰래 도망치려면 이내 그림자처럼 따라오고, 을러대면 아기처럼 칭얼대고, 세상에 이런 찰거머리가 따로 없다. 관심은 사랑의 다른 이름이라던가. 살기 위해서 사랑을 버린다는 것은 얼마나 가슴 아픈 일인가. 귀 울음에 철저히 무관심해져야 한다. 그것이 내게 최선의 처방이다.

산책길에 자주 만나는 풀 한 포기 담돌 하나도 친숙하다. 이들과 이야기를 나누며 외진 길을 돌아가다 자장에 끌리듯 걸음이 멎는다. 이럴 수가. 커다란 벚나무가 토막토막 잘려서 푸른 피를 토하고 있다. 나무들도 이런 경우를 운명이라 부를까. 어제까지만 해도 싱싱한 체구를 자랑하며, 머지않아 하얀 꽃들을 푸지게 선사하겠노라 약속했는데….

벚나무는 감귤 창고의 입구 한쪽에 자리하며 청색 강철판 지붕보다 높이 자랐었다. 비대한 체구가 주변에 그늘을 드리워 귤나무에도 피해를 주었던 것일까, 아니면 창고에 드나들며 작업하는 데 지장을 주었을까. 주인의 심중을 헤아릴 수가 없다.

밑동 지름이 50센티쯤 자라는 동안 얼마나 많은 고난을 이겨냈을까. 그루터기에는 세파를 헤쳐 온 삶의 기록이 나이테로 남아 있다. 들쑥날쑥한 등고선 모습으로 사위의 풍상을 가늠해 본다. 사람처럼 나무도 거센 풍파에 맞서는 곳이 앞일 것 같다. 거목의 꿈을 키우려면 역경을 향해 오감을 열어야 할 테다. 고통과 슬픔을 향해 눈 뜨고 귀 열며 고뇌하고, 몸을 근육질로 단련하며 직립의 의지를 키워야 한다.

쌓이는 풍상으로 삶의 결을 넓히며 하늘 우러를 만큼 성장했는데 사람의 손에 명줄을 놓게 되었다니. 화사한 꽃으로 봄을 노래하려던 포부도 한순간의 허망한 꿈이었구나. 그루터기에서 묵언의 묘비명을 읽는다. '사람에게 맞서지 마라. 그는 망나니 춤사위를 즐기며 악기처럼 기계톱을 켠다. 종족의 혼을 잃지 않고, 여기 벚나무 한 그루 순박하게 살다 가노라.'

오래전 학생들을 데리고 수학여행을 할 때 국립중앙박물관을 견학한 적이 있었다. 전시실을 들렀을 때 첫눈에 이게 무슨 작품들이랴 의아했었다. 높은 벽면에 못을 박아 하얀 광목을 길게 두 줄로 늘어뜨린 것과 철사를 이리저리 뒤틀려 걸어 놓은 것, 상자에 모래를 가득 채우고 가운데 발자국 하나를 찍어 놓은 것도 있었다. 작품명과 작가의 이름표가 딸린 것을 보면서 내심 초등학생도 이보다는 낫겠다고 생각했었다. 사진 같은 구상화에 박수를 보낼 정도였으니 나의 감상 수준이 따라가지 못했을 것이다.

아는 만큼 보이고 들리게 된다. 보고 듣는 만큼 알게 되고 그 범위는 넓어지고 깊어질 테다. 얼마 전 신문 기사를 보며 39광년 떨어진 곳에 멋진 신세계가 있다는 사실을 알게 되었다. '트라피스트-1' 이라는 별과 7개의 행성을 소개하고 있었다. 상상으로도 닿기 힘든 우주의 광활함, 그 속의 무수한 신비로움을 생각하니 나는 어떤 존재일까 자문하게 된다.

관조하는 마음으로 사물들을 대하니, 새로운 의미의 색깔과 율동과 소리를 접하게 된다. 나이 들수록 온몸으로 오감을 키울 수 있음은 노년의 축복일 듯싶다. 이 세상에서 삶을 영위하다 떠나간 생을 그려 보며 그것들이 남긴 소리에 귀를 기울인다. 삶과 죽음의 순환으로 자연은 영원히 숨 쉬는 게 아닐까.

침묵은 새로운 소리를 담는 그릇이다.

(2017)

바둑

바둑처럼 인생에도 급수가 매겨진다면 나는 몇 급이나 될까.

처음 바둑을 접한 것은 60년대 중반쯤이었다. 동네에 바둑을 잘 두는 형이 있었고 그 동생도 바둑을 좋아했다. 마침 그 동생이 중학교 동창이어서 그에게서 기본 규칙을 배우고 줄바둑으로 몇 번 대국한 것이 귀중한 경험이었다.

대학 2학년 때 기력이 상당한 고등학교 동문이 신입생으로 들어와서는 향우회원들에게 바둑을 보급했다. 그는 활달하고 붙임성이 좋았으며 술과 노래도 잘했다. 어느 모임에서나 인기가 있었다. 그는 일 년 후배였지만 사회성이 도드라져 나보다 늘 앞장선 걸음이었다.

그에게서 바둑을 배우며 기력을 키워 걸음마를 탈출했다. 잠자리에 들면 천장에 바둑판이 그려질 정도로 몰입했다. 아무리 놀이라고 하지만 패배의 맛은 늘 쓰린 법이다. 부지런히 익혔지만, 그와의 대국에서 넉 점을 붙이고도 지는 경우가 태반이었다.

우리는 캠퍼스에서 강의가 없는 시간에 만나면 바둑을 두었다.

바둑판도 바둑돌도 없었지만, 바둑을 둘 수 있었던 것은 그의 번쩍이는 아이디어에서였다. 골판지에 대충 줄을 그어 바둑판을 만들었다. 흑돌은 검은색 볼펜으로, 백돌은 붉은 볼펜으로 동그라미를 그렸다. 돌이 잡히면 ×로 표시하고, 죽었던 돌이 살아나면 ×표 위에 다시 동그라미를 그리는 식이었다.

교직 생활에서도 동료들과 가끔 바둑을 즐겼다. 바둑 서적을 여러 권 통독한 결과인지 전입하는 학교마다 한둘을 빼면 상위권에 속했다. 어느 고등학교에서는 교장 선생님도 바둑을 좋아하셨다. 점심시간이면 휴게실로 오셔서 선생님과 대국하였다. 나와도 몇 번 마주 앉았다. 맞수가 아니었다. 매번 큰 차이로 이기고 말았으니, 직장장에 대한 배려심(?)이 빵점이었다. 어디서나 고지식한 성격을 뛰어넘진 못했다.

퇴직하고 나서 한동안 인터넷 바둑에 빠지기도 했다. 승패에 따라 일정한 점수가 오르내리며 급수나 단수가 정해진다. 물론 그 회사의 프로그램에 의한 아마추어의 등급이다. 기세 좋게 올라갈 때는 6단까지 기록하기도 했다. 그러고는 5단으로 내려앉아 있다.

대국하다 보면 같은 급수라도 나보다 상수 또는 하수라는 느낌이 다가온다. 운이 좋아 이겼다고 생각할 때도 있고 실력으로 눌렀다고 여길 때도 있다. 물론 그 반대로 운이 따르지 않았다거나 실력이 모자란다고 자인할 때도 있다.

바둑은 승패를 가르는 게임이다. 규정에 따라 반집을 이기든 만방으로 이기든 다르지 않다. 그런데도 많이 이기려 욕심을 부리다 외려 패배하는 경우에는 입맛이 무척 썼다. 과유불급이란 말이 뒤통수를 내리치는 까닭이었다.

가끔 무례한 사람을 만날 때도 있었다. 불계패를 인정하기 싫어서인지 더 둘 곳이 없음에도 빈자리마다 돌을 놓으며 계가에 합의하지 않거나, 댓글로 막무가내로 욕설을 퍼붓기도 했다. 등록된 실명이나 별칭이 있기는 하지만, 온라인상이라 해서 정체를 숨기고 예를 중시하는 게임에서도 인격을 내팽개친다. 어디 이런 사람이 한둘일까. 슬픈 사회 현상이다.

글쓰기와 인연을 맺고는 몇 년 전부턴 대국을 끊었다. 가끔 머리를 식히려고 인터넷에 접속하여 관전을 즐길 뿐이다. 고수들의 대국을 보면서 다음 수를 헤아려 본다. 종종 예측한 착점이 들어맞을 때는 희열이 일렁인다. 그럴 때면 상수나 하수나 기본적인 길은 같다는 생각이 든다. 그러나 예상과 빗나가는 경우가 훨씬 많다. 고수의 눈높이를 따를 수가 없는 것이다.

한참 바둑 정석을 공부할 때가 떠오른다. 기본 정석을 외우고 활용하고 싶은데 상대는 정석대로 두지 않는다. 제대로 응징하면 분명 내게 유리할 텐데 그러질 못했다. 수많은 상황을 제대로 꿰차지 못한 까닭이다. 인생살이도 마찬가지가 아닐까 싶다. 많은 사람이 가는 길이 반드시 내가 가야 할 길이거나 목적지일 수는 없다. 같은 길을 걷는다고 모두 같은 결과를 얻는 것도 아니다. 자신만의 가치관과 지혜가 인생의 열매를 좌우할 것이다.

바둑을 배우는 사람은 맨 먼저 일수불퇴란 말을 익힌다. 한번 놓은 돌은 다른 곳으로 이동할 수 없다는 규정이다. 인생도 마찬가지가 아닐까. 일단 써 버린 시간은 되돌릴 수 없다. 나이 들수록 그 엄중함을 실감하게 된다.

바둑 3급은 하룻밤을 고뇌하더라도 3급 수준을 벗어나기 어렵다. 그래서 3급이 3단을 이기기는 거의 불가능하다. 그러나 인생이란 경기는 묘해서 급수 없이 치르며 반전에 반전을 거듭한다. 자기와의 싸움인 셈이다.

나는 오늘 멋진 착점으로 값진 하루를 보냈을까.

(2018)

시를 품은 바위

    도두동 사랑애愛거리는 4월 27일 11시 30분에 필멸에 맞설 옥동자를 낳았다. 東甫 김길웅 시인의 〈섬머리 사람들은〉 시비가 건립된 것이다.

    선생님은 시·수필·평론의 장르를 넘나들면서 다수의 책을 출간한 이 고장 대표 문인이며, 개인적으로는 내 문학의 멘토로 존경하는 스승이시다. 이미 공공장소 서너 곳에 선생님의 시비가 세워져 만나는 사람들의 숨결을 고르거나 일렁이며 풍경 속의 풍경을 채색하고 있다.

    제막식을 축하하려 여유롭게 집을 나섰다. 화창한 날씨가 함께 따라나선다. 도심지를 지나며 잠시 꽃가게에 들러 여러 종류가 섞인 꽃다발 하나를 마련하고, 해안도로를 따라 천천히 차를 몬다. 시선은 자꾸만 바다 풍경에 빠져든다. 잔물결 짙푸르게 펼치며 한없어 뻗어가 기어이 하늘과 포옹하는 저 짜릿함, 이상향의 메아리가 뭉클하게 다가온다.

    제막식 장소에 도착하니 하얀 천으로 싸인 커다란 몸체가 정체를 숨긴 채 궁금증을 키운다. 어떤 얼굴, 어떤 마음일까. 주위에는 10여 명의 사람이 행사를 준비하느라 바삐 움직인다. 아직도 시간은 많이 남았다.

사유를 펌프질하며 방파제를 맞잡은 사랑애거리를 느리게 걷는다. 해녀상과 돌고래 조각이 서로 인사하는 듯하다. 목재로 만든 그늘막 안에는 몇 개의 의자가 놓여 있고 두 여인이 담소를 즐기고 있다. 길가 커다란 화분의 꽃들도 기쁜 율동이다.

살포시 솟아 나온 조그만 여 위로 눈길이 빨려든다. 해오라기일까, 이름을 알 수 없는 새 두 마리가 유유자적을 연기하고 있다. 손을 뻗으면 닿을 만한 거리인데도 잘못한 게 없노라 순연하게 늦잠을 즐기는 듯하다. 둘이 함께하니 거친 파도도 두렵지 않다며 풀 한 포기 없는 보금자리를 내보인다. 하얀 배설물이 살아온 세월의 더께다. 부부의 사랑은 바위에도 온기를 지필 수 있음이 아닐까.

예정된 시간이 다가오자 사람들이 100명쯤 모였다. 동장 자치위원장 도의원 지역민은 물론 문우의 얼굴도 여럿 볼 수 있다. 사회자가 제막식을 알리고 시비를 건립하게 된 배경을 설명한다. 도두島頭, 즉 섬머리 사람들의 역사와 순리를 따르는 삶 그리고 공동체를 위해 헌신하는 마음을 진솔하게 그려낸 시를 주민센터에서 만날 때마다 샘솟는 자부심을 느껴 오다, 시비를 세워 후대까지 길이 전하자며 주민들의 마음과 힘을 모았다고 한다.

선생님께 감사패가 전달되자 나도 살짝 꽃다발을 안겨드렸다. 주민들을 대표한 사람들이 제막식 축사를 하고, 축가가 숨찬 선율로 퍼져나갔다. 이어 주인공이 짧게 응축하여 소회를 밝히고 시를 낭송했다. 우렁차고 낭랑한 목소리 틈새엔 가벼운 떨림이 스며 있었다. 마땅히 그럴 것이다. 고뇌의 불을 밝히며 만년필로 한 자 한 자 생명을 불어넣은 노고가 울림이 되어 바위 속으로 스미는 영광 앞에 목메지 않을 자 누구이랴.

자리를 빛내고 시비 건립에 크게 이바지한 사람들이 선생님의 좌우에서 함께 하얀 천을 걷어낸다. 마침내 웅장한 시비가 모습을 드러낸다. 우레 같은 박수가 터진다. 사람들은 시비를 배경으로 기념 촬영에 열을 올린다.

나는 무릎 꿇은 심정으로 커다란 현무암 자연석을 응시한다. 바위는 태곳적 언어를 간직한 채 침묵으로 명상하다. 몇 년 만에 가슴을 열었을까. 그 단단한 가슴으로 시를 품었을까.

바위는 좀체 가슴을 열지 않는다. 그게 그들의 계율이다. 그러나 사랑 앞에 파계하는 고승처럼 저 바위는 기꺼이 가슴살을 편편하게 파냈으리라. 비바람에도 굴하지 않고 천만년 아름다운 시를 껴안겠노라고 앙다물고 다짐했으리라.

지역민들은 눈 맞춤으로 설렘의 시간을 열어갈 것이다. 지나는 길손도 순박한 삶을 읽으며 메마른 시간을 적실 게다.

바위가 보듬은 시의 꽃, 작가의 영광이요 섬머리 사람들의 영광이리니.

(2019)

어머님의 세례

　회한의 나무는 한순간에도 거목으로 자라는지, 어머니를 뵐 때마다 내 마음의 여백은 사라지고 만다.

　구순을 몇 년 넘긴 어머니는 요양원 방 한구석 침대에 누워 시시각각 정물처럼 변하신다. 눈을 감으시고 말없이 햇빛 속을 유영하는 나비처럼 들숨 날숨을 나풀거린다. 이따금 육신에 남아 있는 힘의 한계를 꼼지락거리는 손가락으로 드러내기도 한다.

　손과 팔, 어깨를 주무르며 큰아들의 마음을 실어 촉감을 전해드린다. 소리가 단절된 침묵의 대화, 가없는 하늘이다.

　몇 달 전만 해도 어머니는 "뭐 좀 먹고 가라." 하시었다. 한평생 당신 입과 자녀들의 귀를 닳게 하신 말씀이기에, 희미해지는 의식의 끝자락에서도 침묵을 뚫고 나왔으리라. 음성을 떠나보내며 어머니는 대신 미소로 마음을 전해 주신다. 요양보호사는 곧잘 웃으시는 어른으로 어머니의 일상을 전해 주곤 한다. 자식들한테만 전하는 마음이 아닐 것이다. 어머니의 웃음은 세상 사람들은 물론 우주를 향한 감사와 사랑의 표시일 것이다.

　이제 어머니께 해드릴 것이 무엇일까 고민했다. 빈손으로 떠나야 하는 순간은 째깍째깍 무정하게 다가오는데 빈 마음 한 조각이라도 채워드리고 싶었다. 고통을 헤치면서도 생은 살 만한 것이라고 스스로 위안하시길 빌며 종교를 떠올렸다. 낯선 사람의 장례미사에서도 손수건이 눈가로 오가는 걸 체험하며 내가 믿는 신앙을 함께하고 싶어졌다.

사실 어머니의 신앙은 다양했으나 지극히 단순했다. 비손이 신앙이었으며 종교였다. 이름을 붙인다면 유교 불교 기독교의 다리를 조금씩 넘나드셨다.

내가 초·중생일 때까지만 해도 목장에 방목한 소를 잃어버리면 어머니는 점집에 가서 점을 치기도 하고, 자녀들이 뱀에 놀라거나 물놀이에 허우적거리기라도 한 날이면 심방 할머니를 불러들여 넋들이곤 하셨다. 어린 나이에도 이런 일을 미신으로 못마땅하게 여겼지만, 저녁 늦게까지 기다려지는 날도 있었다. 먹거리가 귀하던 시절이니, 토신제를 지내는 날엔 마음이 달떴다.

부모님은 정성으로 제수를 마련하셨다. 아버지는 집에서 기르던 커다란 수탉을 잡고 쇠고기와 돼지고기로 산적을 만든 다음 생선을 굽고, 어머니는 과일들을 씻고 밥과 국은 물론 콩나물과 고사리 무침을 준비하셨다. 한문을 하시는 백부님이 축을 고하며 제사를 올리고 나면, 음복 시간이 다가왔다. 밥그릇에는 쌀밥과 찰진 조밥이 반반씩 담기고, 닭고기가 들어간 기름진 국과 몇 가지 고기반찬, 일 년 중 유일하게 맛볼 수 있는 황제의 음식이었다.

글공부의 기회를 가져 보지 못한 부모님은 곁눈질로 세상을 사셨다. 특히 어머니의 신앙은 그리하였다. 백부님네를 따라 한동안 절간에 드나드시다가 전환기를 맞았다. 8남매 중 막냇동생이 어떤 연유인지 기독교에 심취하여 부모님을 고향의 교회로 인도하였다. 그당시 우리 내외는 성당에 다니고 있었지만, 굳이 만류하지 않았다. 사이비 종교가 아니라면 가족이라고 반드시 같은 종교라야 된다고 고집하고 싶진 않았다. 마음 밑바닥엔 어느 종교나 세상살이에 도움을 줄 거라는 소박한 생각이 자리했던 터였으니까.

몇 년 동안 일요일이면 교회에 다녀오시는 부모님을 보면서도 교리를 이해하시는지 여쭌 적은 없다. 나들이 자체가 좋아 보였고, 영혼의 양식을 다소라도 얻는다고 생각하는 것만으로 기뻤다. 신도들은 부모님이 연로하여 거동이 불편해지자 차로 모셔 다녔고, 아버지가 돌아가시자 집으로 찾아와 기도를 드리고 목사님은 기독교식으로 장례 절차를 치러주셨다. 참으로 고마웠다.

가톨릭 신자인 요양원 원장님께 어머니의 세례를 상의한 결과, 이웃한 성당의 신부님과 접촉을 하였노라며 만날 시간을 주선해 주었다. 아내와 함께 신부님을 찾아뵈었더니 유아세례 때 함께 세례를 주시겠다며, 주어진 양식에 기본적인 인적 사항과 우리가 다니는 성당 이름과 세례명 그리고 어머니가 받을 세례명을 쓰게 하셨다.

사월 둘째 주일, 드디어 어머니가 '사비나'라는 세례명으로 다시 태어나는 날이다. 아침 일찍부터 주님께 감사 기도를 드리고 설레는 마음을 진정시켰다. 말쑥하게 옷을 차려입고 아내와 함께 고향의 성당으로 향했다.

어머니는 진달래색 스웨터와 자주색 바지를 입고 회색 목도리를 두르고 진회색 베레모를 쓰고 하얀 운동화를 신으셨다. 현 상황에선 최선의 몸차림이었다. 어머니가 앉으신 휠체어 앞쪽을 널빤지로 두르니, 마치 학생이 받아 앉는 책상 같았다. 미동도 없이 본당 맨 앞줄에 앉으신 어머니는 생전 처음이자 마지막인 미사를 위해 영혼의 귀를 닦는 듯이 보였다. 나는 곁에서 한 시간 정도의 시간을 탈 없이 보내 주시기를 기도했다.

몇 번 손을 꼼지락거릴 때면 어머니의 팔을 살며시 잡고 미사가 진행되는 시간을 따라 다녔다. 미사가 끝나자 초조하던 시간이 안도감으로 바뀌었다. 연이어 두 명의 유아와 함께 구순을 넘어선 아기가 합류했다. 신부님은 절차를 따르며 유아세례를 주고 어머니의 이마에도 성호를 긋고 마침내는 모자를 벗으신 머리에 하얀 미사보를 씌워 주셨다.

눈가를 적시지 않으려고 준비한 시간인데, 한사코 알 수 없는 무언가가 내 가슴으로 스며들며 강물로 흘렀다. 어머니께 드리는 마지막 선물, 꼭 품어 주십사고 두 손을 모았다.

신부님과 신자와 가족을 바라보며 미소를 짓는다면 얼마나 기쁜 시간일까만, 어머니는 대신 평안한 얼굴에 만 가지 언어를 새기셨다.

(2018)

황혼을 바라보며

"하루아침에 늙어 버린 기분이에요."

아내의 한마디가 종소리처럼 긴 여운으로 스몄다. 지난달 생일 축하 케이크의 촛불을 끄고 나서 소회를 밝히는 말의 핵심이었다. 그 말 속엔 세월의 빠름이 묻어 있고 허둥지둥 살아왔던 삶의 무게가 녹아 있으며 무언가 하고 싶었던 일을 놓쳐 버린 애석함이 배어 있었다.

100세 인생이니 고령 사회니 하는 말은 생의 종점을 향하는 풍경이다. 이제 남의 말이 아니다. 요샛말로 인싸가 된 아내는 퍼뜩 놀랐을지 모른다.

전체 인구 중에서 65세 이상 고령자의 비중이 7%가 넘으면 '고령화 사회', 14%가 넘으면 '고령 사회', 20%가 넘으면 '초고령 사회'라고 한다. 우리나라는 저출산과 수명의 증가로 2023년이면 초고령 사회로 진입할 전망이다. 세계에서 유례없이 빠른 속도다. 그만큼 개인이나 사회적으로 이에 대처하는 데는 미흡할 테다.

우리나라 노인 빈곤율은 OECD 국가 중 1위라고 한다. 안타깝다.

고령화 속도가 너무 빨라 노후 대비를 제대로 하지 못한 결과인가 한다. 현장에서 은퇴하여 황혼을 즐겨야 할 노인들이 생활비를 벌기 위해 폐지를 줍는 모습은 무얼 상징할까. 본인 책임으로만 돌리기 전에 사회 시스템을 돌아볼 일이다. 국가는 행복한 노년을 위해 안전망을 더욱 촘촘하게 구축해야 한다.

공무원연금이 나의 생명줄이다. 다소 팍팍하기는 해도 의식주를 해결하기 위해 헉헉거리지 않아도 되니 얼마나 다행스러운가. 아내는 내게 아프지만 말라고 귀에 싹이 나도록 말한다. 맞는 말이다. 건강이 삶의 자산이며 행복의 뼈대인 걸 왜 모르랴. 그러기 위해서는 육체적 건강뿐만 아니라 정신적 건강도 챙겨야 한다. 육체와 정신은 서로 상보적인 관계이므로 마음이 즐거워야 면역력도 높아지게 마련이다.

누가 나의 삶을 훔쳐보았더라면 저렇게 재미 없이도 일생을 살 수 있는구나 하고 생각할 듯싶다. 돈 버는 기계처럼 직장과 집 사이를 오갔다. 교직 생활이었으니 그 속에 보람이나 긍지 같은 게 없진 않았지만, 가정에 대한 책임감은 늘 바윗덩이였다. 세월 따라 맨손으로 출발한 물방울들이 모여 졸졸 소리 낼 때면 이런 게 인생이라 생각하며 앞으로 걸어갔다.

사람들은 저마다 무거운 일상을 헤쳐 나가는 길을 찾는다. 옛날에도 그랬다. 동료들끼리 삼삼오오 소주잔을 기울이며 기름진 돼지고기로 목구멍의 분필 가루를 쓸어내리기도 하고, 당구장에서 날카로운 시선으로 쓰리 쿠션의 길을 셈하기도 했다. 숙직실에 모여 윷

놀이나 그림책 보기로 스트레스를 풀다가, 지폐가 오갈 때면 웃음 띤 얼굴에 찌푸린 인상이 대비되어 나타나기도 했다.

　나도 그런 시류에 빠졌지만 멀리까지 휩쓸리진 않았다. 체질적으로 술을 못하니 어둠 속에서 울려 나는 젓가락 장단의 미묘한 분위기를 깊이 알 리 없었고, 노래를 못하니 노래방의 빙글거리는 조명의 어지럼증도 느끼지 못했다. 댄스홀은 한 번도 들여다본 적이 없으니 늘 호기심의 공간일 뿐이었다. 말하자면 보통 사람이 즐기는 일상적인 놀이에 빠지지 못하도록 원천봉쇄를 당한 셈이다. 부모님께 감사해야 할지 아니면 원망해야 할지 헷갈리기도 한다.

　오락이나 놀이의 대용이라 할까, 몇 가지 취미에 빠진 적도 있었다. 낚시 수석 바둑 분재가 나의 애인이었다. 낚시는 젊은 시절 바닷가에서 사고를 당한 후 일찍 접었고, 수석도 동아리 활동 없이 혼자서 두어 해 탐석하러 다니다 열의가 식어 버렸다. 바둑은 지금까지 머리 식힐 겸 가끔 인터넷에서 관전하지만, 대국으로 진을 다 빼고 싶지 않아 수담을 그만둔 지가 몇 년째다. 하지만 분재는 그만둘 수가 없다. 올망졸망한 생명체들과 눈 맞추는 기쁨은 이루 말할 수가 없다. 기력이 있는 한 물주고 분갈이하며 애정의 손길을 전하려 한다. 베풀면 받는 게 세상 이치다. 분재도 가만있지 않고 꽃으로, 열매로 때로는 단풍이나 나목의 수행자로 보답한다.

　봄 햇살이 맑고 순수하다. 아침을 먹고 아내는 거울을 들여다보며 외출 준비를 한다. 일전에 춤 배우러 다니겠다는 말로 나를 깜짝 놀라게 하지 않았던가. 화요일 오전에 동주민센터에서 운영하는 프로그램이라고 했다. 한 번 다녀오더니 라인댄스를 두 시간 배웠다고 한다. 발목이 부어 파스를 붙이는 모습을 보며, 나는 혹 떼려다혹 붙이지 말라고 일렀다. 그리고는 라인댄스가 뭔지 궁금하여 인터넷을 뒤졌다. 특정한 상대 없이 좌우로 줄을 맞춰 추는 글자 그대로 선무線舞라고 한다.

나이 드니 봄바람이 났나, 금요일 저녁에도 아내의 외출이 이어진다. 역시 동주민센터에서 운영하는 서예 교실이다. 10년 전에 3년 동안 서예를 배우다가 그만두었다. 계속 다니라고 응원했지만, 가정일이 버거웠을까 이어 가질 못했다. 이번에는 서예가 의미 있는 삶의 분신이길 빌어 본다.

나이에 비례하여 시간은 빠르게 흘러간다. 물리적 시간을 농밀하게 사용하려면 무엇엔가 미쳐야 한다. 불광불급이란 말이 그저 생겼을까. 놀이든 봉사든 예술 활동이든 자신이 하고 싶은 일을 맘껏해 봐야 한다. 그래야 어느 것만큼은 후회 없었노라고, 그리고 한마디 의미 깊은 말도 전할 수 있을 것이다.

재능이 없음을 느끼면서도 늦깎이로 글쓰기와 인연을 맺은 것이 얼마나 다행인지 모르겠다. 오늘은 무얼 해야 할까 두리번거리지 않아도 된다. 책을 읽고 글을 쓰노라면 치매는 다소 예방되리라 믿는다.

친구가 방금 메시지를 보내왔다. 아족부행我足不行, 아수부식我手不食, 아구부언我口不言, 아이부청我耳不聽, 아목부시我目不視. 스스로걷지도 먹지도 말하지도 듣지도 보지도 못한다면 죽을 맛이 이보다 더하랴. 건강하게 당당하게 베풀며 살라 한다.

삶은 뜻대로 안 되는 거라지만 끝까지 최선을 다하는 것, 이게 황혼의 미가 아닐까 싶다.

이제 가끔은 서재에서 아내는 붓을 들고, 나는 자판기에 손을 올리며 시간의 암벽에 뜻을 새기리.

(2019)

생질의 결혼을 축하하며

웨딩홀만큼 아름다운 옷차림과 고운 마음으로 가득 찬 곳이 또 어디일까.

'신랑 신부 입장'이라는 여성 사회자의 멘트와 동시에 빨간 카펫이 깔린 중앙통로를 지나며 두 주인공이 예식장 전면을 향해 걸어간다. 하객들의 우레 같은 박수가 쏟아진다. 얼굴엔 웃음꽃이 활짝 피어난다.

전면에는 주례가 없다. 사회자의 안내에 따라 신랑 신부의 어머니가 화촉에 점화하고 인사를 나누고 제자리에 앉는다. 연이어 신랑·신부가 맞절하고 나서 손수 작성한 사랑의 서약을 차례로 낭독한다. 사회자가 성혼문을 낭독하고 나자 신부 어머니가 사위와 딸에게 사랑이 가득하고 행복한 가정을 꾸리도록 격려의 말을 전한다. 친구들이 축시를 낭송하고 축가가 아름다운 선율로 퍼져나간다. 그리고 나서 커플은 신부 어머니와 신랑 어머니께 차례로 절을 올린다.

예식 내내 측은한 마음이 스멀거린다. 남편과 사별하고 주인공의 어머니 둘 다 홀로 앉아 있는 모습이 애처롭다. 초록이 동색이라 했으니 안사돈끼리 도타운 정을 쌓아 가리라.

신랑은 나의 생질이다. 6남 2녀의 셋째로 태어난 여동생은 남매를 낳아 딸을 이미 시집보내고 두 외손녀를 보았으며, 오늘 아들을 결혼시키고 있다. 매제는 한국전력에서 오래 근무하다 명예퇴직을 했다. 퇴직금을 지인에게 빌려주었다가 모두 떼이고 나서 술을 벗하며 절망 속에서 헤맸다. 죽이고 싶은 생각, 죽고 싶은 생각을 겨우 추스르며 매제는 조그만 회사의 경비원으로, 여동생은 한 호텔의 미화원으로 생활전선에 뛰어들 수밖에 없었다. 여러 해 전 어느날 아침 매제는 출근하여 교대하는 순간 쓰러져 운명하고 말았다.

빈농에서 태어났어도 8남매 중 6남매는 어렵게 대학을 졸업했는데 막냇동생은 고졸이고 이 여동생은 중졸로 학력을 마감해야만 했다. 고졸이라도 되었으면 상황이 바뀌고 형편이 더 좋았을 텐데 하는 한스러움이 문득문득 되살아난다. 모두 빈손으로 사회생활을 시작했으니 제 밥벌이하느라 마음의 위로도 별로 못했다. 나이가 드니 부모의 마음은 얼마나 아팠을까 헤아리게 된다.

웨딩마치에 따라 신랑·신부의 행진이 이뤄지고 여러 장의 기념사진을 찍고 결혼식은 끝이 난다. 얼마 후 양가의 어른들이 폐백실에 모여 서로 인사를 나눈다. 몇 사람 뒤에 내가 신랑 신부의 절을 받을 차례가 되었다. 신부가 올리는 술잔을 받고 짧게 덕담을 건넨다.

"결혼을 축하해요. 행복은 저절로 찾아오는 것이 아니라 서로 사랑하고 협력하며 만들어 내는 것입니다. 늘 행복의 꽃이 향기롭게 피어나고 밝은 미소가 넘치는 가정을 꾸려 가세요."

생질은 구미시의 한 회사에 근무하며 그곳에서 예쁘고 착한 신부를 만났으니 보통 인연이 아닐 것이다. 나의 큰며느리는 대구, 둘째 며느리는 광주 출신임을 생각하면 보이지 않는 손길이 서로를 생의 반려로 짝지어 놓는 것은 아닐까도 싶다.

뷔페식당에서 식사를 하며 가족과 친족들이 모여 이야기꽃을 피운다. 육지 여러 곳에 흩어져 사는 형제들과 두 아들네와 귀여운 손자 손녀도 함께하니 내 마음이 흐뭇하다. 자식들에게 쏟지 못한 사랑을 손자 손녀에게로 전하고 싶은 건 어쩔 수 없는 할아버지와 할머니의 마음인가 보다.

20여 일 전 추석을 쇠러 제주에 와서 삼양 바닷가를 구경하고 돌아설 때였다. 두 돌 남짓한 손녀가 "바다야 안녕. 또 만나자." 하고 말을 하다니. 그 사이에도 손자 손녀가 더 자란 느낌이 든다. 좋을씨고.

이제 집으로 가야 할 시간이다. 아들네에게 건강히 지내다 설 때 만나자며 대구행 버스에 오른다. 차창 밖으로 누렇게 익어 가는 벼 이삭이 마음을 풍성히 만든다. 화창한 가을 날씨가 큰 행사를 축복해 주었으니 어깨춤이라도 들썩이고 싶은 심정이다.

제주행 비행기에 탑승하고 눈을 감는다. 어느 과거로 돌아가려는 준비다.

해보고 싶지만 할 수 없는 꿈 하나가 있다. 주례를 서는 일이다.

나의 운명이 하지 말라고 했으니 주례를 못 서서 서러운 것이 아니라 그런 운명에 서러워지는 것이다.

기회가 저만치 다가왔다가 사라져 버린 적이 있었다. 정확히 말하면 내가 사라지게 했다. S고등학교의 교감으로 재직할 때의 일이다. 한 선생님이 교장 선생님이 일이 있어 그런다며 나에게 주례를 서달라고 부탁했다. 잠시 망설이다가 그러자고 했다. 나는 정성을 다해 그에게 축복을 빌어 주겠노라고 다짐하며, 마음을 정갈히 하고 인터넷 여기저기를 뒤지며 잊히지 않을 주례사를 만들고 있었다. 며칠 후 교장 선생님이 주례가 가능해졌다는 말을 듣고 잘 되었다며 그렇게 하도록 했다. 직장장이 주례하는 것이 당연하지 않겠는가. 그런데 며칠 후 또 사정이 생겼다며 주례를 다시 부탁하는 것이었다.

묘한 감정이 일었다. 이번에는 다른 분을 찾아보도록 하라며 사양했다. 겉으로 드러난 내 인생이 본보기가 될 수 없음을 알면서도 마음마저 비참해지고 싶지는 않았다. 나는 여분의 타이어 같은 존재는 아니라고 허공으로 소리 없이 외쳤다.

날이 밝으면 하와이로 밀월여행을 떠날 생질과 생질부에게 행복을 빈다.

(2016)

민달팽이의 유서

주검 옆에는 유서가 남겨 있다. 나는 먼저 스마트폰 카메라로 촬영하여 기억상실에 대비한다. 고대인이 남긴 상형문자를 고고학자들이 연구하듯, 기억의 저장고에서 그 현장을 꺼내어 며칠째 의미를 캐고 있다.

불볕더위가 여러 가지 수식어를 달고 지나던 여름, 어느 늦은 아침이었다. 뒤란에 위치한 서재로 향하다 감전된 듯 자리에 멈춰 서고 말았다. 커다란 민달팽이 한 마리가 회색 시멘트 바닥 위에서 최후를 맞았지 않은가. 그것만이라면 집게를 들고 와 마당의 구석진 곳으로 치우고 말았을 것이다. 그러나 주검 옆에는 한 생을 마무리하며 유서를 남겼으니, 도저히 미물 취급을 할 수가 없었다.

어디서 출발했는지는 알 수 없으나 희끄무레한 분비물로 지름이 10센티쯤 되는 제법 둥근 원에서 시작하여 점점 작은 원을 다섯 개나 더 그려 놓았지 않은가. 아름다운 그림으로 보이다가 슬픈 유서로도 읽힌다. 평범한 미물의 작품에서 위대한 자연의 작품으로 승화하기도 하고, 필독해야 하는 경전이란 생각에도 이른다.

가까운 곳에는 돌담 울타리가 있고, 그 옆에는 수도가 있다. 애견을 위하여 수지대야에는 늘 물을 담아 놓는다. 수도에서 5미터쯤 떨어진 맞은편에는 잔디 마당이 푸르게 펼쳐져 있다. 중간 지점에서 사고가 난 것을 보면, 이 두 곳 중의 어느 한 곳이 출발지요 나머지 한 곳이 목적지일 것으로 추측된다. 다만 정확히 알 수는 없다. 확실한 건 삶의 흔적을 분명하게 남겼다는 사실이다.

민달팽이의 느린 걸음을 생각하면 아침 일찍 출발했으리라. 어떻게 사하라 사막 같은 곳을 횡단할 원대한 꿈을 키웠을까. 젖과 꿀이 흐르는 이상향을 찾아 나섰던 것일까, 아니면 진선미를 추구하며 생의 본질을 살아 내는 바로 그 길이었을까.

어느 수필가가 표현했듯이 달팽이는 '시늉만 해도 바스라질 것 같은 투명한 껍데기'를 가졌지만, 민달팽이는 그것마저도 없다. 변변한 옷가지 하나 없이 사철을 지나면서도 불평하지 않고 부끄러워하지 않는다. 몸과 마음 어느 구석 어두운 그늘이 없다. 원죄를 저지르기 전의 아담과 이브가 저랬을 것처럼.

우리는 어디서 와서 어디로 가는지 모른다. 그것만으로도 생은 충분히 흥미를 촉발한다. 내일이라는 시간이 무얼 들고 내게 다가오려는지 궁금하기도 하고 설레게도 한다. 이런 생각을 하기 시작한 것은 오래지 않았다. 삶의 급류에서 벗어나고 주변의 풍경을 육안을 거쳐 심안으로 들일 때, 마음의 여유가 조금씩 자랐다. 그리고 고희를 눈앞에 두고 깨닫는다. 생은 그저 그런, 한 번 쓰고 버리는 일회용이 아님을. 희미한 흔적이라도 남겨야 함을.

은하수 너머 은하수, 광활한 우주는 상상으로도 그려 볼 수 없다. 조그만 마당에 담기는 자연을 살피기에도 역부족이다. 어째서 어느 국화는 6월 초에 진노랑 꽃을 피우고, 어느 감나무는 9월에 들어서야 뽀얀 상아색 꽃을 드러내는가. 웬 순박함으로 내가 가까이 있는 줄도 모르고 동박새 세 마리가 빨간 샐비어 꽃으로 날아와 주둥이를 들이박는가. 무슨 언어로 소통하며 조그만 까만 개미들이 수백 마리 모여들어 애견이 남긴 사료 방울들을 옮기려 드는가.

머리를 들어 하늘을 봐도 언제나 신기하다. 무시로 변하는 하늘색과 구름의 모양, 저 아름답고 커다란 그림책을 귀찮다 하지 않고 누가 계속 펼치는가. 바람은 왜 고운 색으로 치장을 못 할까. 과학은 꼬리를 무는 이 소소한 의문들을 규명하기 위해 매달리지만, 자연은 영원한 의문의 보고가 아니랴.

세상 어느 것이나 유일하다는 생각에 이르면 관심을 기울여 사랑해야 할 당위를 얻는다. 하물며 인간임에랴. 그런데도 나를 얼마나 사랑했는가 돌아보니 미안함이 깊다. 늘 부족하고 못난 존재, 불만스러운 환경과 가파른 운명, 어느 하나도 나를 포근하게 감싸지 못한다고 내심 자학도 많이 했다. 이제는 웬만한 것들을 포용할 수 있을 만큼 세월이 이끌어 주었다. 마음 외에 바뀐 것이 별로 없는데 어인 변화인가. 술처럼 익고 싶은 영혼의 발버둥이려나.

종종 생각이 닿는다, 대단한 삶을 살아야만 하는 것은 아니라고. 주연이 못 되고 조연이라고 섭섭하게 여길 것도 아니라고. 주연을 빛내는 건 관객이지 않은가. 앞서가지 못해 안달인 사람들, 불만 덩

어리로 벽 속에 갇힌 사람들은 때론 뒷걸음으로 걸어 보고 물구나
무도 서 본다면 여러 길을 찾을 수 있지 않을까. 다양한 생명체들이
어우러져 갖가지 흔적을 물려줌으로 지구는 영원히 살 만한 곳으로
남을 것이다.

민달팽이의 유서를 해독해 본다.

'무겁게 길을 걸었네. 마지막에 이르러 동행하는 숨결을 느끼네.
아름다운 발자국을 남기시게나.'

문상객처럼 서서 민달팽이의 죽음을 생각하노라니 자연이 사방
에서 우릴 응시한다.

(2018)

기다림

　3월이 코앞이다. 봄기운이 완연한데 내 몸은 아직도 겨울의 빙벽에 간힌 느낌이다.

　뜨락엔 진즉 새로운 계절을 부려 놓고 떠나는 시간의 발자취가 선명하다. 따스한 햇볕이 드나들며 화초의 잠을 깨우고, 나무에 두레박질을 재촉한다.

　지난봄 조그만 플라스틱 통에서 물만 먹고도 흐드러지게 꽃을 매달았던 히아신스의 구근들을 여름 초엽에 화단으로 옮겨 심었었다. 흙 속에서 어떻게 바깥세상과 소통했을까. 히아신스들이 푸른 이파리를 내밀더니 보름쯤 지나자 난쟁이 같은 꽃대를 밀어 올린다. 촘촘하게 벙근다. 꽃의 지문처럼 채색된 빨강 노랑 보라의 꽃잎이 활짝 웃는다. 이웃한 나팔수선화도 노란 나팔로 '존경'이란 꽃말을 쟁쟁하게 연주한다. 시샘하듯 담벼락에 기댄 사철장미도 빨간 윙크로 가슴을 설레게 한다.

　성급한 매화는 꽃잎을 내려놓은 지가 여러 날인데, 이제야 눈 비비며 밖으로 나오는 늦둥이들도 있다. 분재로 키우고 있는 생강나무는 잎이 돋기 전에 가지 끝마다 좁쌀처럼 작은 꽃들이 뭉쳐 노랗게 허공을 비춘다. 개성 시대를 살아가는 화초들의 적응력이 놀랍다. 봄은 꽃의 계절, 이렇듯 자연은 순항하고 있다.

계절과 역주행 하듯 웅크린 내 몸은 기지개의 꿈을 상실한 모양이다. 겨우내 입었던 내의를 여태 벗지 못하고 있다. 냉기가 기관지를 수축하여 시난고난 콜록거린다. 그렇게 미워하는데도 눈치 없는 기침은 떠날 줄을 모른다. 한 달여 괴롭히고도 가학성이 아직도 남았는가 보다. 동네 이 병원 저 병원 들락거리다 어제는 제주대병원의 알레르기내과를 찾아갔다. 의사는 방금 찍은 가슴 엑스레이 사진을 보며 7년 전의 것과 별로 차이 없이 건강하다고 판독한다. 일주일 약을 먹고 차도가 없으면 천식 검사를 하자며 소견을 말한다.

입을 열면 상황을 가리지 않고 튀어나오는 기침 때문에, 곤욕이 이만저만이 아니다. 긴요한 볼일이 아니면 외출을 삼가고 있지만, 적어도 일주일 두 번은 미사에 참례해야 한다. 성당에서 미사가 진행되는 동안 조바심으로 입을 열 수가 없어 속으로만 기도하고 성가를 부르기도 한다. 벙어리 아닌 벙어리가 되노라면 이상한 시선들이 화살처럼 날아드는 착각에 빠져든다. 한 번은 크크크 하며 기어 나오려는 기침을 손바닥으로 꽉 눌러 막다가, 종내에는 기침 소리가 천둥처럼 울리고 말았으니….

소소하게 여기던 것들이 실로 소소한 것이 아님을 체감한다. 인간은 가장 필요한 것들을 기본적으로 갖추고 태어나므로 그 가치를 간과하기 쉽다. 기능을 잃어서야 비로소 소중함을 깨닫게 된다. 말을 하거나 걸을 수 있는 능력을 바람이나 햇빛 대하듯 당연시할 일이 결코 아니다. 목에 구멍을 뚫고 호스를 통해 음식물을 받아들이던 어느 환자의 영상이 떠오른다. 입으로 먹을 수만 있어도 행복하겠다던 그 애처로운 말.

기침에 자비를 베풀도록 무릎 꿇을 생각은 없다. 시한부의 중병이라면 애걸복걸할 테지만, 아직은 내 육신의 자존심을 세워주고 싶어서다. 그냥저냥 고희를 넘어섰지 않은가. 그리고 안다. 불판 위에서 노릇하게 구워지는 고등어 마냥, 뜨끈한 햇볕에 몸이 달궈지면 기침이 두 손 들고 도망치리란 걸.

볕바라기를 하며 뜰을 서성이다가 동백 분재에 눈길이 멎는다. 이미 불 밝힌 지가 여러 날 되는 재래종 빨간 동백 곁에, 흰동백 분재가 처음으로 올망졸망 꽃망울을 매달고 새색시처럼 앉아 있다. 하도 반가워 눈으로 꽃망울을 쓰다듬으며 헤아려 보니 여남은 개가 넘는다. 다산을 위한 진통이 길어지는가 보다.

9년 전 이웃 울타리에서 하얗게 피어난 동백꽃의 소박하고 순수한 자태에 끌려서 성냥개비 같은 가지 하나를 잘라 꺾꽂이를 했었다. 그게 자라서 꽃을 터뜨리려고 다소곳하게 때를 기다리는 품세라니. 그동안 가뭄에 목마르지 않도록 물을 주는 일은 소홀하지 않았다. 나머지는 온전히 흙과 바람과 태양의 합작이다.

궁금하다, 피어날 하얀 미소가 무얼 은유할지. 소싯적 마음을 일렁이게 하던 하얀 피부의 소녀가 연상될까, 아니면 소복 입은 여인의 한 맺힌 사연이 묻어날까. 재촉한다고 세월이 줄달음치며 다가

올 리는 없다. 세월을 낚는 강태공의 마음으로 느긋하게 기다릴 수밖에.

흔히들 젊어서는 미래에 기울고 나이 들면 과거에 빠진다고 한다. 엄밀히 생각하면 우리가 살아가는 실존의 시간은 현재뿐이다. 그렇더라도 현재에 마냥 몰입할 수만은 없다. 가끔은 과거를 추억하고 후회의 교훈도 얻어야 한다. 미래에 가슴을 부풀리기도 하고 걱정거리를 대비하기도 해야 한다. 요술쟁이 시간을 잘 활용할 때 바라는 삶을 열어 갈 수 있을 것이다. 시간만큼 멋진 선물이 무엇일까.

나는 따뜻한 계절을 기다리고 있다. 햇볕이 등을 달구면 기침이 손들고 도망칠 것이다. 내 소망을 들은 듯 햇볕을 잔뜩 짊어지고 저벅저벅 걸어오는 저 자연의 발걸음 소리, 환상이어도 가슴 벅차다.

나는 지금 고도*를 기다리는 사람이 아니다.

(2019)

*사무엘 베케트의『고도를 기다리며』에서 인용

4부

의자의 토설

전생에서 사람을 섬기면 꽃이 된다는 말을 들었습니다.
꽃이 되는 게 제 꿈이었습니다. 절실하면 이뤄진다고 했던
가요, 제 몸은 오로지 섬기도록 태어났습니다.

식탁 위의 딸기

사랑이 농축된 걸까. 빨간 얼굴에서 감미로운 향이 스며난다.

첫새벽에 물 한 잔 마시러 부엌으로 나서다가 식탁 위에서 마주
쳤다. 알이 큰 딸기들이 담긴 조그만 은박지 쟁반 두 개가 쌍둥이처
럼 놓여 있었다. 두 겹으로 차곡차곡 보기 좋게 포갠 모습이 깔끔한
여인의 차림 같았다. 정인을 맞으러 동살을 기다리는 건 아닐까도
싶었다.

막내아들이 일터에서 밤늦게 귀가하며 사 왔을 테다. 종종 빵이
나 과일로 간식거리를 제공하는 아들의 마음이 따습다. 이번엔 여
러 날 독감에서 벗어나지 못하는 엄마를 생각하며 지갑을 열었을
것이다. 말없이 말을 하는 소통의 언어가 마음 깊이 울린다.

딸기 한 개를 집어 들고 가만히 바라본다. 생각들이 꿈틀댄다. 겨
우내 비닐하우스에서 흘린 어느 농부의 땀방울이 어린다. 운명의
길을 지나는 생의 끝자락을 떠올린다. 생각해보니 삼라만상이 고리
가 되어 서로서로 연결되어 있음이 아닌가. 단절된 듯 존재하는 것
들도 어디엔가 이어져 우주를 이루는 듯하다. 나와 상관없다 할 게

무엇이랴.

딸기의 맑은 얼굴을 응시한다. 가지런하게 옴폭옴폭 파인 곳마다 깨알 같은 흰 씨앗들이 알알이 박혀 있다. 누구의 손놀림이 이리도 섬세할까. 외양뿐인가. 몸체 속의 맛과 향 그리고 빨간 색깔이며.

자연을 대하노라면 흠결 없는 완결성에 놀란다. 선악이나 옳고 그름 너머에 이미 신이 존재함을 믿게 된다. 피조물이란 단어를 떠올리며 존재가 본질이 아닐까 하는 생각에 이른다. 미미한 생을 위로하는 실마리이지 싶다.

딸기 한 알을 입속에 넣는다. 상큼하고 달콤한 맛이 입안을 점령한다. 제철보다 더 맛 나는 한겨울 딸기, 무수한 인연으로 이뤄낸 절정.

날이 밝으면 제일 큰 것을 골라 아내의 입으로 전해야겠다.

(2018)

모란꽃 앞에서

내 작은 정원엔 김영랑의 찬란한 봄이 출렁거린다.

4월 초순인데 커다란 모란꽃이 순백의 마음을 열고 속내를 다 보여준다. 며칠간 벌들이 드나들더니 황금색 수술에 포근히 안겼던 보라색 암술이 수줍게 모습을 드러낸다.

온갖 생명체로 지구별은 아름다우리. 꽃이 비바람을 견디며 처연히 소명을 완수하는 것은 생명에서 신의 숨결을 들음이 아니랴. 낮이면 꽃잎을 펼치고 밤에는 오므리며 씨방을 키우는 모란의 모성애를 읽노라니 어느새 무릎 꿇은 마음이다.

꽃바람이 잉태의 계절을 알리다 자취 없이 사라지면, 흰나비가 되어 팔락이던 꽃잎도 이울어 시간의 켜로만 남겠거니.

기억의 배낭 속에 삶의 자취들을 담고 서편 하늘을 본다. 홀로 걷는 나그네의 눈동자에 모란꽃잎이 나풀거린다. 생명이란 다른 생명과 심층적으로 연결된 하나의 거대한 망인가 보다. 서로서로 손잡으니 우주의 숨결이 상큼하다.

(2018)

얼굴 사진을 찍으며

신문에 내밀 얼굴 사진이 필요하다. 이미 몇 장 갖고 있지만, 어느 것도 썩 마음에 들지 않는다. 그래서 큰 문제인 양 새로 찍느냐 마느냐 망설이는데 이를 눈치 챈 아내가 거든다. 새로 찍는다고 늙어가는 얼굴이 더 좋게 나올 수 있겠냐며 있는 사진을 이용하란다. 그러면서 장가가는 사람처럼 뭘 그리 신경 쓰느냐고 덧붙인다. 결혼 사진이라면 몇 사람만 보면 되지만 이건 몇 천 명이 볼 거 아니냐고 응수한다.

사실 나는 사진 찍히기를 좋아하지 않는다. 얼굴 사진은 더욱 그렇다. 한쪽 시력을 잃고 나서는 지금까지도 일종의 콤플렉스가 작용해 온 탓이다.

내 젊은 시절 어느 무더운 여름의 바닷가에서였다. 동향의 교직원들로 구성된 모임의 야유회가 신나게 무르익고 있었다. 술잔을 주고받기도 하고 낚시 삼매경에 빠지기도 했다. 나는 릴 낚싯줄을 바다에 드리우고 낚싯대를 바위틈에 고정한 후 바다로 뛰어들었다. 실컷 수영 실력을 발휘하다가 갯바위 위로 올라오는 순간이었다. 무엇인가 나의 왼쪽 눈을 내리쳤다. 한 선생님이 나의 낚싯줄을 들쳐 올리면서 납 봉돌이 사고를 내고 만 것이었다. 여러 달 서울의 큰 병원에서 치료를 받았지만 끝내 시력을 회복하진 못했다.

사람은 불행을 당하면 무슨 죗값인가 하고 자신의 행적을 뒤돌아본다. 나도 그랬다. 과학적인 관점에서는 전혀 관련성이 없지만, 미신처럼 떨치지 못하는 일이 있었다. 한창 젊었을 때 마당을 기어가는 큰 황구렁이를 기다란 대나무로 후려쳤더니 정통으로 머리를 맞고 몸을 비틀면서 숨이 끊겼다. '그것과 관련이 없어, 아무런 관련이 없어' 하며 아무리 다독여도 망각 속에 가둘 수는 없었다. 그 후 나는 뱀뿐만 아니라 조그만 동물도 살생한 적이 거의 없다. 그렇게도 좋아하던 낚시와도, 바다와의 인연도 멀어졌으니 운명인지도 모르겠다.

막내아들이 사진 잘 찍는 곳을 안다며 나를 태우고 차를 몰았다. 꽤 멀리 떨어진 곳이었다. 사진관 안으로 들어서자 손님 몇이 기다리고 있었다. 내 차례가 되자 여러 장을 찍고 컴퓨터 화면을 통해 마음에 드는 것을 고르게 했다. 나는 그중 나아 보이는 것을 고르고 마음에 안 드는 부분을 말하며 보정을 요청했다. 사진사는 멀리서 왔으니 더욱 신경 쓰겠다면서 완성되는 대로 메일로 보내겠다고 했다.

이전에는 사물을 있는 그대로 드러내는 것이 사진이라고 생각했었다. 이제는 생각이 바뀌었다. 디지털 사진은 마음대로 수정 보완할 수 있으니 얼마든지 사실과 다르게 표현할 수 있어서다. 좀 더 아름답게 보이고 싶은 것은 본능이지 싶다. 남을 속일 양으로 의도

적인 변형은 문제겠지만 열등감을 덜어줄 정도라면 사람들이 양해하지 않으려나 생각된다.

사진처럼 사람들의 마음도 쉽게 수정할 수 있다면 얼마나 좋을까. 좋은 점은 돋보이게 하고 나쁜 점은 수정할 수 있다면 누구나 천사의 마음이 되련만. 사람의 마음은 깊숙이 감추어져서 좀처럼 얼굴을 내밀지 않는다. 그러므로 남의 마음을 수정하는 최상의 방법은 칭찬이라 생각한다. 무언가 좋은 점을 찾아서 박수를 보내준다면 그는 더욱 긍정적으로 성장하면서 그 빛을 주변에 나눌 것이다. 스스로 자신의 마음을 다스리는 좋은 방법은 문득문득 죽음의 사자가 저만치 다가와 있음을 자각하는 것이다. 신 앞에 한없이 작은 유한한 존재임을 고백할 때 더욱 겸손하고 바르게 나아가려고 노력하게 된다. 행복해지려면 욕심을 비워 마음을 가난하게 하라고 하지 않는가.

메일로 사진을 보냈다는 문자메시지가 왔다. 얼른 컴퓨터 바탕화면에 저장하고 클릭하니 내 얼굴이 나를 바라본다. 실물보다 잘 생겼다. 아내를 부른다.

"여보, 이 사진 어때요?"

"어머, 당신 미남 되었네요. 내 남편이니까…."

왜 뒷말을 덧붙이는가. 사실 그 얼굴이 그 얼굴이지만 마음으로 남편의 얼굴을 본다는 뜻인가. 아내의 얼굴을 바라보니 어느새 세월의 언어들이 켜켜이 쌓이고 있다. 마음으로 읽으니 아직 아내의 얼굴은 꽃이다.

(2016)

어휘력

장님 나라에선 외눈박이가 임금이라더니 내가 그 주인공이었던 것처럼 느낄 때가 있다. 교직 끝머리 7년여를 제외하곤 중등 영어 교사로 봉직하다 정년으로 퇴임했다. 대입시 지도에 초점을 맞추던 시절이니 가능했을 것이다. 요즘은 교사의 실력을 뺨치는 학부모들이 어디 한둘일까.

회화에 늘 주눅이 들었다. 영어가 어렵다는 생각에서 떠난 적이 없다. 국어나 수학을 전공했더라면 좋았으리라 생각하곤 했다. 옆집 잔디가 더 푸르게 보이는 현상이었을 것이다.

모국어로 의사소통이 어렵다는 사람은 별로 없다. 그러나 글은 배우지 않으면 읽고 쓸 수 없다. 하루 이틀에 가능하지도 않다. 일반적인 글쓰기도 어렵지만, 작품 창작은 고봉준령에 앉아 손짓하며 고난도의 능력을 시험한다. 기본적인 띄어쓰기, 붙여 쓰기에서도 헤매기 일쑤다. 비슷한 어휘에 헷갈려 엉뚱한 단어를 쓰고 만다. 우리말도 적절한 어휘를 사용하며 맞춤법에 맞게 쓰기란 참으로 어렵다.

정기 구독하는 한 문예지의 신인상 수상작을 읽다 빙그레 웃음이

나왔다. '시원한 냉수 한 사발 들이킨다'는 표현에 시선이 박혀서다. '들이키다'는 안쪽으로 가까이 옮긴다는 의미다. 당연히 '들이켠다'로 표현해야 한다. 오타일 거라고 포용하며 읽어 나갔다.

몸에 젖어 버린 언어 습관을 되돌아보며 반성하곤 한다. 특히 영어식 표현에 함몰됐음을 알고 놀라게 된다. 이를테면 피동 표현이나 불필요한 복수 표현을 자주 사용한다. 문맥상 생략해도 좋을 주격 소유격 목적격을 꼭 사용하려 든다. 그뿐만 아니라 직역하는 어투에도 어색함을 느끼지 못하는 경우가 많다.

엊그제는 글방에서 작품을 서로 평하며 '떠벌이다'와 '떠벌리다'의 의미를 익혔다. 두 단어의 뜻을 확연히 알고 있다면 당신은 어휘의 고수일 테다. 우리말에 비슷해서 헷갈리게 하는 어휘가 이리 많을 줄이야. 여태, 하룻강아지 범 무서운 줄 모르듯이 대해 왔을 뿐이다.

인터넷을 훑다가 신조어를 얼마나 아느냐는 글에 맞닥뜨린 적이 있다. 16개의 단어가 제시됐지만 아는 게 하나도 없었다. 영고는 영원한 고통, 마상은 마음의 상처, 갓띵작은 신이 만든 명작, 비담은 비주얼 담당 즉 외모가 뛰어난 사람, 인구론은 인문계 출신은 구십 퍼센트가 논다는 등 신세대의 깜찍한 숨결을 느끼게 했다. 언어의 뼈대는 의사소통일 것이다. 물론 신조어가 표준어는 아니다. 그렇다 해도 언어는 살아 있는 생명체이기에 혼자서만 모르고 뒤처지면 소외감을 느끼게 된다. 구닥다리 언어에 갇혀 있구나 하고.

매월 초순이면 월간 공무원연금지가 도착한다. 권말 가까운 곳에

'가로세로 낱말 맞히기'가 실린다. 별로 어려운 단어들이 아니어서 심심풀이로 땅콩 먹듯 풀어보곤 한다. 이번 11월 호에서도 슬슬 문제를 풀어 가는데 단어 하나가 벽처럼 가로막는다. '안마지로'라는 사자성어도 넘었는데, '선로' 앞에 놓아야 할 한 음절을 알 수가 없다. '상 위에 놓고 음식을 끓이는 그릇. 주로 구리, 놋쇠로 만들어 대접 비슷하게 생겼습니다. 가운데에 숯불을 담는 통이 있고, 통 둘레에 여러 가지 음식을 담아서 끓입니다.' 길게 도움말이 주어졌는데도 생각이 떠오르지 않는다. 인터넷으로 '편선로' '동선로' 하며 상상의 단어를 검색하니 있을 리 없다.

아내에게 주어진 힌트를 말하니 금세 '신선로'라고 알려 준다. 어휘는 경험 속에서 확장할 테다. 집에 그런 그릇이 없고 식당에서 자주 보아도 관심이 없었으니 모를 수밖에.

서둘러 봉함엽서에 정답을 적고 풀칠하는 모습을 지켜본 아내가 한마디 한다.

"여보, 좀 창피하지 않으세요?"

"2만 원 상품권이 도착할지 누가 알아. 게다가 글감은 돈 주고도 못 사는 거야."

정답자 중에서 70명만 추첨하기에 행운은 별로 기대하지 않는다. 작은 글감 하나로도 족할 것이다. 사실 나는 글감에 허기진다. 그래서 하늘에 비손하면 떨어질까, 땅속으로 삽질하면 캘 수 있을까를 고민한다.

이 글에서도 어색한 표현과 어휘의 오용이 있으리라 생각하니 얼굴이 붉어진다. 그래도 우체국으로 향하는 발걸음이 가볍다. 왜일까.

(2017)

길을 찾아서

나는 지금 어떤 길을 가고 있을까. 내면의 길을 살펴본다.

얼마 전 교우 일곱이 쁘레시디움 1000차 주회를 기념하여 2박 3일 동안 육지로 피정을 갔었다. 신앙의 뿌리를 키우기 위해서였다.

비행기는 제주국제공항을 이륙하여 광주를 향해 날아갔다. 창밖을 보니 하얀 구름이 북극의 설경처럼 광활하게 펼쳐져 있었다. 저 멀리 아래쪽에서 검정 비행기 동체가 따라왔다. 내가 탄 비행기의 그림자가 지나는 공간이 또 하나의 길이었다. 세상엔 길 아닌 곳이 없을 듯했다.

기차와 버스로 첫 피정지인 가톨릭목포성지 근처에 도착하고 나서 도보로 이동했다. 한국의 첫 레지오 마리애의 산실을 찾아가는 걸음이었다. 121년 전 서방선교회에서 파견된 한 신부님이 목포의 미래상을 내다보며 산정산을 매입하여 성당을 짓고 레지오 마리애 단체도 조직했다고 한다. 앞을 내다본 혜안이 놀랍기만 하다. 무거운 짐을 져야 높이 오를 수 있는 역설을 묵상하며 가파른 길을 올랐다.

레지오 마리애의 역사관을 둘러보며 선조들의 신앙생활과 서방

선교회에서 파견된 신부님들의 마음을 헤아렸다. 6·25전쟁이 발발해도 신부님 세 분은 귀국하지 않고 성당을 지키다 공산군에 끌려가 대전에서 순교하셨다고 한다. 육체의 생명을 넘어서야 영혼의 생명을 얻게 됨을 몸소 보이셨다니 ….

성지를 담당하는 신부님은 교육관을 짓고 나서 우리가 첫 피정 대상자라며 반갑게 맞으셨다. 몇 안 되는 우리에게 레지오의 목적과 정신을 강의하고 미사까지 집전해 주셨다. 처음으로 성혈까지 받아 모시게 되어 잊을 수 없는 영광의 시간이었다.

이튿날엔 다음 피정지인 부산을 향해 우등버스에 올랐다. 주로 시골 풍경을 지나갔지만 4시간이 넘는 승차시간은 힘들었다. 푹신한 의자의 노고에도 고마움을 못 느낀 채, 노쇠의 길로 들어서는 몸이 서글픔을 삭이려 뒤척일 뿐이었다.

높은 동산에 자리한 예수성심전교회 근처에 다다르자 담당 수녀님이 마중을 나와 있었다. 온유함이 느껴지는 밝은 표정의 수녀님이 우리를 친절히 안내했다. 교육관 마당과 내부엔 티끌 하나 눈에 띄지 않았다. 누구라도 마음의 때를 씻으며 맑은 영혼을 유지할 것 같은 분위기였다.

교육 시간에 수녀님은 금세 우리들의 이름을 익히고 부르셨다. 묵상의 시간을 마련하기도 하고 영상으로 뭉클한 가족애의 장면들을 보여주기도 하며 자신의 생활을 뒤돌아보게 하였다. 집단 구성원이 아닌 사람을 끌어안는 방법을 알려 주고, 신앙 고백을 하고 나서 서로를 안아주는 시간도 갖게 했다. 많은 쪽지 중의 하나를 고르게 하여 하느님의 말씀을 새기게 하였는데, 공교롭게도 나는 내 마음을 위로하는 시편을 골랐다.

'너의 걱정을 주님께 맡기어라. 너를 붙들어 주시리라.'

이튿날 아침에는 60여 명의 수녀님과 성무일도를 바치고 주일 미사를 드렸다. 고운 목소리로 합창하는 선율 속에 맑은 냇물이 남북 깃든 듯했다. 어림해도 80세를 넘어선 신부님이 집전하셨는데 예수님은 대상을 가리지 않고 모두를 사랑하셨다고 강론하였다. 사랑하라는 계명이 사회 곳곳으로 스며들기를 기도했다.

오전에 피정을 마치고 자갈치시장으로 향했다. 일행 한 분의 친척이 식사 자리를 마련해 주었다. 고래 고기와 먹장어구이를 안주로 소주도 몇 잔 기울이며 화기로이 대화를 나눴다. 점심을 끝내고 영도다리 쪽으로 걸어갔다. 오후 두 시에 펼쳐지는 다리의 도개跳開 장면을 보기 위해서였다.

바닷가를 따라 놓인 직사각형 돌의자엔 주로 노인네들이 앉아 무료함을 달래는 듯 보였다. 다리가 가까워질 무렵 귀에 익은 멜로디가 들려왔다. 머리와 턱수염이 하얀 노인이 전자 기타로 '돌아와요 부산항에'를 연주하고 있었다. 자석에 끌리듯 걸음이 멎었다. 어쩌다 지인끼리 노래방에 들르면 음치를 증명해 보라는 성화에 못 이겨 부르는 노래가 아닌가. 나도 모르게 손뼉을 치며 멜로디를 따라 흥얼거리다 조그만 박스 안으로 작은 지폐 한 장을 떨어뜨렸다. 노래로 생계의 길을 걷는 모습은 차라리 낭만적이었다.

제법 사람들이 많이 모여들었다. 다리 가장자리 쪽에서 상판이 서서히 올라갔다. 저마다 응시의 눈길을 보냈다. 무시로 다리를 오가던 차량과 사람은 통제되고 마침내 대형 선박의 해로가 열렸지만, 아쉽게도 그때 지나가는 배가 없었다.

찻길이 끝나는 곳에서 새로운 뱃길이 열린다는 것은 많은 의미를 생각게 했다. 길은 끝나는 게 아니라 영원히 뻗어 나가는 숙명을 지녔다고 생각되었다. 만물은 길 위에서만 존재할 거란 생각도 들었다. 나무나 바위도 제자리에서 보이지 않는 길을 쉼 없이 오가고 있지 않을까 싶었다.

기도는 기도의 길을 낳는다. 감사 기도는 바르고 행복한 삶을 이끄는 원동력이다. 마음이 평화로워야 하는 일도 잘 되고 소찬임에도 성찬으로 먹을 수 있다.

신부님과 수녀님의 눈을 통해 내가 보지 못한 정신적 가치를 들여다볼 수 있었음에 감사드리며 제주행 비행기에 오른다. 마음은 집으로 내달린다.

(2018)

이슬의 강

망처는 마르지 않는 아침 이슬이다.

그녀는 8남매의 맏이로 태어나며 주위에 큰 기쁨을 안겼을 테다. 옛 시절 자녀는 부모에게 삶의 희망이요 원동력이었지 않은가. 그녀도 사랑을 듬뿍 받으며 목련 같은 시골 처녀로 성장했다. 스물두 살 어린 나이에 여섯 살 위 고등학교 교사인 나를 만나, 4년간 꿀 같은 신혼 생활을 이어 가다 바람처럼 내 곁을 떠났다.

어떻게 떠났을까. 초롱초롱한 아이들 눈망울을 남겨두고 사랑하는 남편과 부모님과 동생들을 뒤로하고 어떻게 떠났을까.

하늘 눈부신 5월 어느 날, 시골 우리 집 마당 한쪽에서는 십여 명의 담임 반 학생들이 하얀 종이를 접으며 꽃을 만들었다. 이튿날 아침이면 마지막 길에 아내가 타고 갈 예쁜 꽃상여를 만들기 위해서였다. 안타까운 소식에 낯선 사람들도 찾아와 조의를 표하며 내게 위로의 말을 전했다.

멋모르는 두 살, 네 살 두 아들은 손을 잡고 마당에서 놀았다. 큰 아이는 제 어미가 떠난 것을 다소라도 느꼈을지 모르지만, 둘째는 아무것도 모른 채 아장아장 걸어 다녔다. 엄마의 사랑을 잃어버린 아이들 생각에 참아 왔던 눈물이 봇물 터지듯 흘렀다.

아내는 마을 공동묘지에 묻혔지만, 여러 곳에 무덤을 남겼으리라. 내 안에도, 친정 부모님과 시부모님 가슴에도….

그때부터 내 가슴에는 몇 줄기 강물이 흐르기 시작했다. 보고 싶은 그리움에 젖거나, 진작 병원에 데려가지 못한 회한에 사무치면 깊은 강물은 소리를 죽이며 심연으로 흘렀다. 엄마의 손 잡고 나들이하는 아이들 모습과 마주치면 강물은 불어나며 크게 출렁거렸다.

할머니와 할아버지가 4년 동안 손자들을 보살피며 키웠다. 그러면서 내게 자주 말씀하셨다. 시간이 슬픔을 잊게 한다고. 산 사람은 살아야 한다고.

날개 꺾인 채로 마냥 부모님께 불효할 수는 없었다. 풀이 죽은 아이들 모습이 내 혈류를 돌며 마음을 엣다. '엄마'라는 이름을 얼마나 부르고 싶을까. '하느님, 도와주십시오.' 하고 나도 모르게 빌었다. 양지와 음지는 사랑을 다루는 신의 섭리일까. 인연이 닿아 다시 백합 같은 인생의 반려를 만났다.

아내는 가슴으로 낳은 아이들을 살뜰히 보살피며 사랑으로 키우다 3년 후 아들을 낳았다. 터울이 많아서일까, 형들은 막내를 사랑하고 막내는 형들을 잘 따르며 우애를 쌓아 갔다. 누구 하나 부모의 속을 썩이는 일 없이 대학을 졸업하고 군대 다녀오고 위로 둘은 회사원으로 삶을 일구고 있다.

화살처럼 빠른 것이 세월이던가. 어느덧 큰아들은 이제 불혹의 나이로 접어든다. 둘째 아들이 4년 전에 먼저 결혼했고 이듬해 큰 아들도 아내를 맞았다. 나이가 들수록 귀여운 손자 손녀의 탄생을 고대하는 건 어쩔 수 없나 보다. 나의 바람에 응답이나 하듯 지난 여름 큰아들네는 미국 몽고메리에서 예쁜 손녀의 탄생을 알려왔고, 일주일 후 둘째 며느리도 수원에서 듬직한 손자를 낳았다. 기쁨에 겨워 나도 모르게 무릎을 꿇고 감사기도를 드렸다.

두 아들네는 전화로 먼 거리를 끊임없이 이어 놓는다. 집으로 전화할 때면 아내부터 먼저 찾는다. '어머니'라는 이름을 부르고 싶기 때문이리라. 한참 이야기를 나눈 후에야 내 차례가 된다. 말수가 적은 나는 목소리만 들어도 썩 기분이 좋아진다.

푸르른 5월이면 아이들이 만든 오작교를 건너 아내가 찾아오는 것일까, 아니면 내가 찾아가 만나는 것일까. 오늘은 유난히도 화창한 날씨다. 서로 만나면 어떤 말이 오갈까. 짧았지만 행복했다고, 자기 몫까지 살아달라고 말할까. 두 아들을 잘 키워주어서 고맙다고 말할는지도 모르지. 나는 또 당신을 잊으며 사는 것이 나의 운명이지만 그래도 잊을 수는 없더라고 말할까. 깊이 숨었던 숱한 생각들이 오간다. 이제 아련 생각들을 거두고 평심으로 돌아갈 시간이다.

여느 때처럼 아내는 부엌에서 혼자 제수를 준비하고 있다. 과일을 씻고 돼지고기와 쇠고기로 산적을 만들고 갖가지 전을 부친다. 콩나물과 고사리나물도 준비한다. 그러면서 내게 말한다.

"당신은 나보다 먼저 돌아가야 해요."

몇 번째 듣는 말이다. 내가 아내의 말뜻을 왜 모를까. 때론 다투기도 하고 갈등도 빚으면서 엮어온 삶이 사랑의 자양분 되어 내 아픔을 삭여 주었다. 아내의 손을 잡는다. 이 따스한 손이 체온을 잃는다면 나로서는 밀려드는 고독을 감당할 수 없을 것이다. 부부가 오래도록 함께 걸을 수 있다면 얼마나 큰 축복인가. 나는 고맙고도 감사한 마음으로 아내의 얼굴을 바라본다.

파제 후, 좀 더 밤이 이슥해지면 가족을 찾아온 아내의 영혼을 위해 기도할 것이다.

마르지 않는 이슬이 강으로 흐르고 있다.

(2016)

경품 추첨

엉뚱한 생각을 해 본다. 사람들에게 번호표를 나눠주고 지구별에 갈 사람을 신이 손수 추첨한 것은 아닐까 하고.

지난달 한 호텔 연회장에서 고등학교 졸업 50주년 기념 '동창회의 밤' 행사가 열렸다. 은사님 세 분과 60여 명의 동창과 40명쯤 되는 동창 부인이 참석했다. 또 흥을 돋우려고 가수와 연주가와 무용수들도 몇 명 초대하여 자리를 함께했다.

1968년 세 학급 180명 남짓 졸업하고 새로운 세상으로 나갔었다. 그리고 50년 세월 동안 전국 곳곳에서 각자의 삶을 일궜다. 교장, 교수, 의사, 전무, 부이사관, 외교관, 장군 등 다양하게 사회생활을 하다 은퇴했거나 현직을 수행 중이다. 이제 은사님은 고작 여섯 분만 생존하시고, 우리 곁을 떠난 동창도 40명 가깝다.

졸업 후 처음 만나는 얼굴도 있다. 어찌 반갑지 않겠는가. 군데군데 놓인 원탁에 둘러앉아 담소를 나누다 시간이 되자 사회자가 행사를 이끌었다. 간단히 국민의례를 마치고 회장의 인사 말씀에 이어 은사님을 소개하며 기념품을 증정했다. 다음은 축시 낭송 차례였다.

명색이 시인이라고 앞에 놓인 연단에 올라 졸작 〈한자리에 모여〉
를 낭송했다. 암기해서 슬슬 풀리던 시가 긴장한 탓인지 셋째 연이
막혀 초청 팸플릿으로 슬쩍 눈길을 보내려니 좀 부끄러웠다.

축하 공연으로 피리 연주를 듣고 나서 은사님의 회고담에 귀를
기울였다. 그리고는 옆에 있는 식당으로 가서 뷔페 음식을 접시에
담고 와 자리에 앉았다. 은사님이 건배사를 시작으로 술잔이 오가
고 대화가 무르익었다. 사이사이 무용과 노래와 연주가 이어지고
경품 추첨도 부인들만 대상으로 진행되었다. 동창회 임원과 행사
준비위원 몇이 추첨을 했다.

"추첨 번호 7번 앞으로 나오세요." 옆자리에 앉았던 아내가 일어
섰다. 박수를 받으며 첫 경품을 들고 왔다. 엘름 상표의 갖가지 식
기가 들어 있는 상자였다. 경품이 다를 뿐 여성 모두에게 돌아갈 텐
데도, 처음이라는 순서가 뜻깊게 느껴졌다.

사회자의 지명을 받은 동창은 건배사를 하는가 하면 연단에 올라
살아온 소회를 털어놓기도 했다. 한 동창은 국어 교사가 되어 학생
을 가르치고 시도 쓰고 싶었지만 뜻을 이루지 못했노라고 심중을
털어놓았다. 그 말을 듣는 순간 얼굴이 붉어졌다. 시인이라는 매력
적인 이름을 갖고도 아직 제대로 된 시 한 편을 못 쓰다니.

시간이 흐르면서 모임도 막바지를 향했다. 상자에는 단 두 장의
추첨 번호표만 남았다고 한다. 사회자는 아직 경품을 못 받은 두 사
람을 앞으로 불러 서로 가위바위보를 하게 했다. 세상에 이런 일이,

사회자의 부인이 이겨 상자 속으로 손을 집어넣어 추첨 번호표를 꺼내고는 사회자에게 건넸다. 순식간에 웃음 섞인 목소리가 흘러나왔다. "TV는 제가 볼 수 있게 됐습니다."

그는 이어 미리 계획했노라며 프라이팬을 이번 행사에 수고한 동창 부인들에게 돌렸다. 마음의 선물은 크기에 상관없이 추억거리가 될 것이다.

사회자는 여러 해 전에 시조시인으로 등단했고 중등 교장으로 퇴임한 친구다. 마지막 경품 하나가 남았을 때 그가 말했다. "우리 동창 축시 쓰느라 며칠 뇌를 혹사했을 테고, 사모님도 옆에서 고생했을 겁니다. 사모님 앞으로 나오세요."

과부가 과부의 마음을 헤아리는 격인가. 귓속으로 쏙 들어오는 말이 싫지는 않았다. 마지막으로 학창 시절 경기할 때마다 목이 터지도록 불렀던 일명 '차돌가'를 제창하며 1부 행사를 모두 마쳤다. 이튿날 올레길 걷기 2부 행사에서 아쉬움을 가득 채우자며 헤어졌다.

젊었을 때는 종종 앞날의 운명이 궁금했었지만, 지금은 모르는 게 약처럼 살아가고 있다. 경품 추첨처럼 미지의 미래가 기대감을 일으켜서다. 생의 종착역까지 '혹시나'가 '역시나'로 이어진대도 긍정의 시선으로 내일을 맞고 싶다.

아내를 바라보며 빙긋이 웃는다. "우리가 경품이라면 누가 뽑았을까."

(2018)

사랑하는 큰며느리에게

　연일 불잉걸이라도 쏟아지듯 이어지던 여름 더위도 때를 거스르지 못하고 이제는 제법 서늘한 가을 기운으로 변하는구나. 어둑새벽에 깨어 독경하듯 밤새 울어대는 귀뚜라미 소리에 귀 열어놓는 중이다. 이런 시간이면 마른 감정도 달빛 머금어 일렁이고 온갖 침묵들이 이야기로 살아나기도 한단다.

　말귀도 많이 틔어서 못하는 이야기가 없을 사랑스러운 리나의 목소리도, 늘 풍성한 마음이 담긴 너의 목소리도 그리울 때면 바람결에 실려 올까 봐 어느새 북쪽 하늘을 향해 있곤 한다. 흐름의 단절은 아픔인 걸 느끼면서도 먼저 전화 한 번 못해 미안하구나. 큰며느리는 전화해도 안 받고 문자를 보내도 답장이 없다며 서운해 하는 시모의 마음을 살피기도 한다. 모두 우리의 잘못일 테니 이해하고 섭섭한 마음이랑 풀었으면 한다.

　돌아보니 세월은 잠깐 사이 사라지는 것. 지금이 나의 가장 젊은 날이며 행복한 날임을 애써 실감하는 중이다. 고통은 실존의 바탕이며 그 경험은 기억의 저장고에서 추억으로 숙성됨도 깨달았고,

꽃이라 불러 주어야 꽃이 되는 관계도 터득하게 되었다.

이제 자신을 사랑함으로써 행복을 추구해야겠다는 생각이 든다. 혈육들을 생각할 때면 허우적거리는 모습에 늘 마음이 괴롭지만, 그런다고 현실이 썩 달라지지도 않더구나. 때론 후련하게 숨이라도 쉬고 싶어서 탈출하기로 했다. 수필 쓰기와 가끔 끼적이는 시를 데리고 몰입하는 시간 속으로 빠지기도 하고, 성당도 드나들면서 뭉친 마음을 풀어내곤 한다.

잠시 들른 큰아들이 막걸리 두 병 남짓 마시고 소주 몇 잔 더하더니 몸을 가누기 힘들 정도가 된 것을 보며 어미는 몸이 많이 곯았다고 염려하더구나. 좋은 보약은 마음에 군불을 지피는 것, 육지로 올라가면 더욱 도타운 마음을 나누며 심신이 건강해지기를 바란다.

들은 이야기다. 죽고 나서 현재의 배우자와 다시 결혼하고 싶으냐고 물었더니 남성보다 여성이 더 부정적으로 대답했단다. 그런데 한 할머니는 지금 남편과 다시 결혼하겠노라고 하여 이유를 물었더니 "이 나이까지 남편 마음 맞추느라 고생했는데, 다른 사람 만나 다시 고생할 생각을 하면 끔찍한 일 아니냐."고 반문했다더라.

오늘 친족의 결혼식장에서 신부 부친이 "밥 잘 먹고 잘살아라." 하고 덕담을 하니 여기저기서 까르르 웃음이 튀어나오더구나. 밥은 육신의 건강을, 잘 산다는 건 정신의 부유함을 의미하는 것 같아 소박한 말이 외려 빛나더구나.

우리도 밥 잘 먹고 잘살아 보자.

건강하게 좋은 날 이어 가기를 바라는 마음에 몇 자 적었다. 귀여운 손녀, 리나도 불쑥불쑥 자라기를 빈다.

(2018)

샴쌍둥이 감

예닐곱 해 자란 마당의 감나무에 중후한 가을이 내려앉았다. 어느새 주황색으로 분칠한 둥글납작한 열매들이 가지를 휘청인다. 예제 갈색 무늬가 번진 잎들도 하나둘 물기를 털어내며 밑동으로 내려앉는다.

참새, 동박새, 직박구리와 까치까지 드나들며 쪼아 댄 열매는 유독 붉은 등이다. 핏빛 상처가 은유 조각처럼 푸른 하늘에 매달려 있다.

누가 앞일을 알랴. 자녀들을 포동포동 키우며 으스대던 두 개의 대봉감 나무는 몹쓸 병이라도 만났는지 텅 빈 집이다. 그 사이에서 품종도 모르는 홍시 감나무가 소외된 설움을 꿈으로 키웠는가, 멀리서도 눈길을 당긴다.

전지가위로 아직은 탱탱한 홍시를 하나하나 따서 컨테이너에 조심스레 넣는다. 너나없이 고만고만한 크기이지만 피부는 제각각이다. 주름살 없는 동안에서부터 두어 줄 패기도 하고 십자로 난 골이 네 잎 클로버를 연상케도 한다, 더러는 고운 얼굴이지만 대부분 여기저기 검버섯이 피고 거친 세월이 박혀 있다. 같은 집안 같은 하늘 아래서 자랐는데도 이렇게 생의 이력은 달라지는가 싶다.

작업하던 손이 멈칫하며 샴쌍둥이에 시선이 쏠린다. 양쪽 끝에 배꼽을 달고 뭉툭하게 붙어 있다. 꼭지를 잘라 손바닥에 올려놓고 살펴본다. 수직으로 세우니 숫자 8이나 가분수의 눈사람처럼 보이고, 수평으로 눕히니 무한대 기호(∞)가 떠오르다 풍만한 엉덩이짝으로도 다가온다. 정체성을 상실한 열매의 고통을 어찌 짚어낼 수 있을까.

어디서 읽은 '꽃의 장애는 문명의 비극'이란 표현이 떠오른다. 인간 때문에 자연은 얼마나 몸살을 앓고 있는가. 여러 가지 수식어를 동반한 올여름 불볕더위도 우리가 원인이었을 것이다. 봄과 가을은 짧아지고 여름과 겨울은 길어질 거란 얘기도 들린다. 기후가 어떻게 돌변하고 어떤 상황이 펼쳐질지 그야말로 안갯속이다.

샴쌍둥이는 몸의 특정 부위가 서로 붙어 그걸 공유한다. 두 생명이 한 몸으로 살아야 하는 비극의 무게이며 사랑의 표상일지도 모른다. 어깃장이라도 놓아 몸을 움직이는 주도권을 서로 고집하면 한 발짝도 나아갈 수 없다. 수시로 마음을 모으거나 행동의 주체를 상대에게 양보해야 삶이 가능해진다.

세상에는 정신적인 샴쌍둥이로 살아가는 사람들이 많다. 각자 이념을 껴안거나 머리 위로 올리기도 한다. 고통의 장애가 아니라 생의 의미를 구현하려는 표상이다. 누군가는 진리를 탐구하고 선을 행하며 미를 창조하는 데 심혈을 기울인다. 또 누군가는 돈 쪽으로 향하고 표를 셈하고 그저 남 따라 걷기도 한다.

자연에도 불가분의 관계로 서로를 빛내는 것들이 무수하다. 하늘과 땅, 빛과 어둠, 소리와 침묵, 꽃과 나비…. 모든 게 촘촘한 관계망으로 얽히고설켰다. 이 복잡 미묘한 세상에서 나는 무엇을 끌어안고 있는가. 허공을 본다. 날갯짓이 무수한 길을 내고 바람도 묻혔는데 내 자국은 가뭇없다.

다시 감나무로 눈길을 준다. 지난해에 몇 개 달리더니 올해는 개수가 꽤 늘었다. 북쪽 정원수의 그늘을 피해 양지에서 열매를 키우려고 햇볕을 쫓다 보니 남쪽으로 줄기가 많이 휘었다. 우리 8남매를 키우느라 어머니 허리도 저리 휘었지 않은가.

장애 동생을 품고 30여 년 날마다 밥상을 차린 어머니가 요양원방 한 모퉁이 침대에 누워 생을 반추하신다. 눈 뜰 기력도 없어 감은 눈으로 들창 너머 뿌연 하늘을 바라보시는 모습이 는개 속을 헤쳐 온다. 모자간에 샴쌍둥이처럼 살고자 했을 마음을 헤아리지 못하고 힘들고 불편하다며 싹둑싹둑 잘라 버린 자리에 회한의 나무만 자란다. 그게 인생이라고 내 어찌 말할 수 있을까.

쟁반 위에 올려 있는 샴쌍둥이 감을 응시한다. 하나의 작은 우주다. 몸과 마음으로 짝을 이뤄 뒹굴다가, 신과 인간이 거처하다가 억새와 바람의 놀이터가 되었다가….

연시로 익는다 해도 실존을 맛보려고 감히 깨물진 못하리니. 파란 하늘 올려다보는 저 붉은 두 눈망울.

(2018)

의자의 토설

전생에서 사람을 섬기면 꽃이 된다는 말을 들었습니다. 꽃이 되는 게 제 꿈이었습니다. 절실하면 이뤄진다고 했던가요, 제 몸은 오로지 섬기도록 태어났습니다.

플라스틱과 스테인리스가 저의 뼈대이며, 팔걸이와 뒷머리까지 받쳐줄 긴 등받이가 제 모습입니다. 푹신한 쿠션을 깔고 빙글빙글 돌아도 어지럼증이 생기지 않는 체질을 보고 사람들은 저를 우량아라고 불렀습니다.

31년 전 주인아저씨와 인연을 맺었습니다. 그는 조그만 슬래브 단층집을 사고 싱글벙글 대문에 문패를 달았습니다. 그때 몇 가지 가구와 함께 책상과 짝을 이뤄 살라고 저를 데리고 갔습니다. 그 당시엔 가구점에서 제법 덩치가 크고 반지르르한 나무 책상이어서 맘에 들었습니다.

아저씨는 교직에 몸담고 있었습니다. 그래서 늦게 귀가하면서도 교재연구라나 뭐라나 학생들을 가르치기 위한 준비를 할 적이 많았습니다. 그때마다 저를 이용했고 저는 기쁜 마음으로 봉사했습니다.

슬픔에 비틀거리는 날도 많았습니다. 아버지를 떠나보내며 제대로 효도 한 번 못 했다고 회한에 사무쳤고, 막냇동생을 떠나보낼 때는 운명의 격랑에 맞서 돌팔매질을 하였습니다. 더 깊은 고통은 앙다물고 자물쇠를 채우더군요. 아저씨 속울음의 깊이를 어찌 다 이해할 수 있겠습니까. 산 사람은 살아야 한다는 위로의 말로 넘어질 때마다 일어서기를 빌 뿐이었습니다.

사노라니 기쁜 소식도 들렸습니다. 아저씨가 중등 교장으로 발령을 받았답니다. 오랜만에 온 가족이 환한 얼굴로 함박웃음을 터뜨리더군요. 저의 숨은 봉사를 알아주는 사람은 없었지만, 저도 눈물이 나게 기뻤습니다. '사촌이 땅을 사면 배가 아프다.'는 속담이 있는 걸 보면, 사람들은 남이 잘되는 걸 기뻐하기보단 질투하고 시기하는 마음이 많은가 봐요. 그래도 아저씨는 축전과 축하 전화, 축하 화분들도 꽤 받더군요. 술 체질도 아니면서 어떤 연분인지는 알 수가 없었습니다.

8년 전 주인네는 시내 변두리로 이사했습니다. 그때 저를 버릴까 봐 조마조마했는데 함께 데려가더군요. 아저씨는 인연을 소중히 여기는 사람인가 봅니다. 세월이 유수라더니, 마당 있는 집으로 발을 들이자마자 그는 황조근정훈장을 받으며 교직에서 정년퇴임을 했습니다. 같은 직종에서 한평생을 보내는 일이 어디 쉽나요. 제 일인 양 손뼉을 치며 축하했답니다. 이젠 편안한 마음으로 하고 싶은 일 하며 지내기를 빌었고요.

홀가분해 하면서도 아저씨 얼굴에는 무언가 어두운 그늘이 서렸습니다. 말 못 하는 가정 사정이 있는 것도 같았습니다. 주마다 두세 번 성당에 드나들고, 종종 동아리 오름 등반에 참여하고 마당에서 분재 가꾸는 일로 소일했습니다.

그러던 중에 어떻게 인연이 닿았는지 아저씨는 수필 쓰기를 배우러 다녔습니다. 저와 함께하는 시간이 많아지는 걸 보면서 꽤 열중한다고 생각했습니다. 저는 변함없는 마음으로 아저씨가 잘되길 빌었습니다. 저도 속으론 꽃이 되는 희망을 버리지 않았거든요. 섬겨야만 꽃이 된다는 말을 어찌 잊겠습니까.

이번엔 운이 좋은 건지 숨은 글재간이 좀 있었던 건지 이년 후엔 시인, 그 이듬해엔 수필가란 이름표를 달더군요. 이곳 신문에 소개된 걸 보면서 매우 기뻤습니다. 저도 한몫했다는 자부심이 들었거든요. 이왕이면 좋은 글 많이 썼으면 좋겠습니다.

세월 앞엔 장사가 없다더니, 저도 여기저기 헤어졌습니다. 세 번이나 강산이 변하도록 살았으면 장수한 거지요. 주인아주머니가 저를 버리겠다고 말하니 아저씨는 "아직도 쓸 수 있는데…." 하면서 말끝을 흐렸습니다. 사실 저도 헤어지려니 가슴이 먹먹했습니다. 조금만 더 섬기면 꽃이 될 것 같은데, 운명이란 다 그런 건가요. 사람들이 저승을 모르듯이 저도 앞으로 어떻게 될지 모르겠습니다.

아주머니가 주민센터에 들러 폐기물 스티커를 끊어다 제 몸에 붙였습니다. 그러고는 저를 길가에 내놓았고, 얼마 후 가을비가 추적추적 내렸습니다. 지나다니는 사람들을 보면서 생명을 생각할수록, 등에 푸른 번호가 찍힌 채 자동차에 실려 가는 돼지들이 떠올랐습니다. 노쇠한 탓으로 운명을 맞설 수야 있겠습니까, 조용히 수용할 수밖에는요. 며칠 후면 커다란 차가 와서 저를 실어가겠지요. 비슷한 처지의 동료도 만나게 될 겁니다. 다들 남을 섬기며 열심히 살았을 텐데 누구도 꽃이 되진 못했을 겁니다.

들은풍월로 저도 압니다, 누가 꽃이라 불러 주어야 꽃이 된다는 걸. 꽃은 신의 거처라고도 하더군요. 진선미의 결정판, 비록 꽃으로 피어나진 못했지만, 지금 마음은 충만합니다.

아저씨가 가끔 읊조리는 소리에 귀 기울인 덕에 기형도의 〈빈집〉이란 시 한 구절이 기억에 박혔습니다. '잘 있거라, 공포를 기다리던 흰 종이들아.' 시인이 요절한 사연은 모르겠습니다. 아무리, 아무리 힘들어도 천수를 누리기 전에 유서로 종이를 떨게 해서는 안 된다고 믿을 뿐입니다.

살면서 생각해 보세요. 존재 자체가 꽃이 아닐는지요.

(2018)

뜨락에서

마음에 습기가 차면 빨래처럼 가슬가슬 햇볕에 말리곤 한다. 내 체질에 딱 맞는 특효약이다. 우울하고 슬픈 감정들이 불 속의 장작처럼 타버리면 한동안 온기가 머문다. 그래서 한낮에도 뜨락을 들락거린다.

며칠 내린 비에 긴 가뭄이 스러지더니 온갖 초록이 푸름을 다투고 있다. 어디서 장마가 서두는지 후텁지근하다. 화초와 수목이 살판나는 세상, 자연은 허투루 시간을 돌리지 않는다. 온갖 생명과 성장을 위한 열정, 그게 바로 태양의 실존이다.

앞뜰에는 많은 분재가 자리한다. 20여 년 얇은 손길에도 좌절하지 않고 잎으로, 꽃으로, 단풍으로 보답하는 녀석들. 바라볼 때마다 애틋한 정을 느끼게 한다. 자연을 떠나 작은 분속에 갇혔어도, 몸이 뒤틀렸어도 긍정을 밀어 올리는 삶은 내게 교학상장을 일깨운다. 그래, 고맙다. 너희들로 많이 배운다.

인간사회처럼 자연의 무리에도 적극적인 관심이 절실한 녀석들이 있게 마련이다. 돌배나무와 모과나무 몇 그루가 시선을 확 당긴다. 예전부터 안 일이지만 올해도 적성병을 방제하지 못해 증세가 심각하다. 가뭄으로 기가 죽은 듯하던 녹병이 그새 돌배나무 잎들을 죽음으로 내몰고 있다. 잎의 속살이 튀어나오도록 빨갛게 타고 있는 저 고통, 할 일 다 마치고 떠나려는 단풍이라면 얼마나 아름다울까만.

녹포자가 주로 향나무에 기우寄寓하다 날씨가 따뜻해지는 4~6월에 장미과 식물의 잎에 병반을 일으킨다. 황색 얼룩점을 올리고 잎 뒷면에 털 모양의 돌기가 생겨나면서 잎의 기능을 빼앗아 낙엽 지게 한다. 열매에도 모상체가 생겨 커 가던 돌배와 모과를 따내야 하는 아픔을 여러 번 경험했다.

돌배 분재 앞에 쪼그려 앉아 장기의 암세포를 제거하듯 일일이 잎에 번진 반점들을 떼어 낸다. 마음으론 인연이란 말을 곱씹는다. 제때에 농약을 살포하는 주인을 만났더라면 이런 고통이 없었을 걸, 너와 나는 악연의 길을 걷고 있는가. 의도한 방치는 아니었으니, 그간 분갈이하고 물을 준 내 작은 정성을 기억하렴. 인연은 선연으로 키우는 거라고 말해 주렴.

이름이 아름다워 독을 품는 역설일까, 일명 붉은별무늬병. 악연으로 생명을 유지한다는 건 지극한 형벌일 테지만 하필 내가 아끼는 돌배나무와 모과나무를 무지르는 심사를 헤아릴 길 없다. 그래서 운명이란 말이 태어난 걸까.

사람들과 맺어 온 인연의 길을 돌아본다. 선택한 관계에도 애증이 함께하거늘 선택하지 않은 사이임에랴. 한때 미워한 사람이야

없을까만 용서할 수 있고 잊을 수 있으므로 악연이라고까지 할 순 없다. 더러 저명인사와의 만남도 있었으나 행운보다는 부담이 들앉는 마음 그릇이었으니, 관계가 유지됐다면 어땠을까 궁금하긴 해도 아쉬움은 없다. 만남의 길에서 내게 크고 작은 도움을 주며 정과 사랑을 심어 준 사람들을 떠올릴 때면, 대갚음하지 못하는 심정을 기도로 달랠밖에.

관계는 거리에 따라 의미를 가감한다. 가까울수록 커지고 아름다워지는 마력이 있다. 이제 좁혀야 한다. 우주 속으로 들어가면서, 아니 마음에 우주를 담으면서.

햇볕이 목덜미와 등을 달구고 있다. 덮지 않음은 마음의 습기가 마르는 탓이다. 하늘을 올려다본다. 거저 주는 것이니 거저 받으란다.

자연은 늘 은혜롭다.

(2017)

5부

어둠의 역설

주어진 운명과 환경과 재능으론 자신이 영위하고자 하는 삶을 사랑하기엔 턱없이 모자란 듯하다. 그러나 깊숙이 들여다보면 이런 부족함에서도 반대급부로 주어지는 것들이 많다. 어둠으로 빛이 밝아지고, 침묵이 소리를 드러내며, 유한성으로 생을 사랑하고, 역경으로 성장하게 되는 역설이다.

배롱나무

나무로 태어나라면 나는 배롱나무를 택하겠다. 눈 맞으며 꽃등을 걸어 놓는 매화나무도 좋고 사철 푸른 기개의 소나무도 좋지만, 배롱나무는 눈을 찡긋하며 마음을 설레게 하는 정인 같아서다.

배롱나무는 아름다움을 몸으로 구현한다. 가지들은 직선보다는 곡선을 좋아하고 수직을 고집하지 않고 수평을 사랑한다. 율동을 즐기는 품이 넓은 여인이다.

때론 깊은 산속의 여승을 떠올리게 한다. 오래도록 마음을 닦으며 진리를 깨치다가, 때가 되면 세속과의 단절을 선언하듯 껍질을 벗어버린다. 매끄러운 갈색 수피의 예제에 새겨진 흰색 무늬는 볼수록 눈길을 가두는 수채화다.

배롱나무꽃은 질서를 존중한다. 봄에 자란 가지의 안쪽에서부터 차례로, 7월에서 9월까지 피고 지기를 이어 간다. 꽃 색깔은 다양하여 작은 내 뜰에도 홍자색 보라색 흰색이 서로 다투며 눈길을 끌어당긴다. 명화를 허공에 걸어 놓고도 두 발 뻗고 자는 여유는 어디서 오는 걸까. 무료 관람 기간이 이처럼 긴 꽃이 몇이나 될까. 주고도 더 주고 싶어 하는 어머니의 마음이려니.

배롱나무는 무덤가에서 망자의 넋을 위로하기도 한다. 홍등을 오래도록 켜 놓고 이승을 찾아온 영혼의 길잡이가 된다. 기억에서 사라진 빛의 황홀경을 누가 마다할까.

배롱나무는 추워질수록 그 깊이에 빠지려고 모든 잎을 떨군다. 비우고 채우려는 구도자의 실천이다. 생의 묵상을 익히는 것은 고통의 불길이다. 어려움을 긍정의 품에 안지 못하면 알맹이 없는 껍데기 생이 되고 만다.

하루에도 몇 번씩 마주하다 보니 배롱나무와 돈독한 사이가 되었다. 불립문자를 주고받는다. 인신난득人身難得이니 사람답게, 탐욕을 버리고 사랑하며 살라 한다. 인연은 소중한 것이라고, 생은 살 만한 것이라고도 한다.

배롱나무에서 인생을 배운다. 내 마음을 출렁이게 하는 여인이여!

(2018)

깨끗한가

마음까지도 씻어낼 수 있으면 좋겠다.

막내아들과 함께 가까운 목욕탕으로 향했다. 해수 사우나로 알려져서 주말이면 사람들이 붐비는 곳이다. 평일 오후라서 탕에는 예상만큼 손님이 많지 않았다.

사람들은 저마다 선택한 동작에 들어가 있다. 비누칠한 목욕 수건으로 온몸을 가볍게 씻고 나서 벽면의 샤워기로 몸을 헹구는가 하면, 궁둥이만 댈 수 있는 조그만 플라스틱 방석에 앉아 본격적인 때밀기에 열중하기도 한다. 온탕이나 열탕에서 조각품처럼 앉아 반신욕에 몰입하는가 하면, 냉탕을 들락거리기도 한다. 간이침대에서 곤히 잠들기도 하고, 사우나실에서 열기와 싸우기도 한다. 물 폭포를 맞는가 하면, 벽면의 물 안마로 허리의 근육을 풀기도 한다. 기다란 냉탕에 들어가 걷기도 하고, 수영을 즐기기도 한다.

나는 여느 때처럼 기본적인 코스를 따른다. 먼저 벽면의 샤워기를 이용하여 머리를 감고 몸을 씻는다. 온탕에 들어가 잠시 온몸을 담그고 나서, 열탕에서 다리만 담근 채 반신욕에 빠져든다. 이때는 마음의 때를 씻는 시간이기도 하다.

사람들은 크기만 다를 뿐 같은 구조로 태어났음을 알 수 있다. 신체처럼 마음의 크기가 제한된다면 얼마나 답답하고 불편할까. 마음의 크기를 스스로 선택게 한 건 신의 명품 중의 하나다.

목욕탕에서는 누구나 깨끗한 몸이다. 눈으로 확인할 수 있다. 그렇지만 마음의 순결은 감추어져 볼 수가 없다. 깨끗한지 더러운지 밖으로 드러나지 않는다. 마음이 알몸처럼 드러난다면 부끄러워 살 수 있을까. 그런 점을 고려한 듯, 양심의 등불로 사악한 때를 씻어내게 하였으니, 이 또한 신의 깊은 배려이지 싶다.

배는 욕망의 창고다. 나를 포함해서 배가 볼록하게 튀어나온 사람들이 적지 않다. 대부분 나이 든 사람들이기도 하다. 인생을 헛살고 있는 것은 아닐까 하는 생각이 스친다. 예외는 있겠지만, 체중은 먹거리의 양에 비례한다는 것을 경험으로 알고 있다.

머리카락 하나 없는 까까머리의 주인공은 스님일 테다. 두 사람이 함께 온 모양이다. 저들은 절에서 쉼 없이 마음의 때를 씻을 터이니, 여기서는 몸만 씻으면 될 것 같다. 그들의 배를 훔쳐본다. 식탐을 멀리했는지 절벽처럼 늘씬하다. 배가 산처럼 솟아올랐다면 가짜 중은 아닐까 의심이 들었을 것이다. 식욕조차 절제하지 못한다면 어찌 도를 닦을 수 있을까 하는 생각에서다.

나는 힘이 고갈되기 전에 체력을 확인하려고 긴 냉탕 안으로 들어간다. 지난번에는 배영으로 두 번 왕복했는데 오늘은 온 힘을 쏟아 봐야겠다. 용케도 일명 개구리헤엄으로 3회 왕복하는 데 성공했다. 길이가 20미터 정도라고 하니, 대략 120미터를 수영한 셈이다. 스스로 생각해도 대견스럽다. 어릴 적 놀이터였던 바닷가의 풍경이 출렁거린다. 수영하며 고기를 낚던 청소년 시절이 엊그제 같은데 세월은 이제 보이지 않을 만큼 흘렀다니….

온탕에서 잠시 온기를 돋우고 사우나실로 향한다. 땀으로 몸의 찌꺼기들을 배출시키느라 분투하는 사람들과 합류한다. 티브이에서는 최순실 증인을 대상으로 구치소 청문회에 관한 소식이 흘러나오고 있다. 마음의 때를 씻지 못하고 탐욕으로 온통 분탕질을 치고도 속죄하는 기색조차 없다.

몇 분이나 지났을까, 아들이 나를 밖으로 나오게 한다. 저혈당으로 한바탕 소동을 벌인 일이 있어, 아들은 시야 속에 나를 가두려 한다. 아이였을 때 나의 시야는 아들을 가두었는데 이제 역할이 바뀌어 버렸다니. 아들이 나의 등을 밀고 있다. 커다란 손이 등 위를 오가는데, 나의 머릿속에서는 귀여운 고사리 손을 떠올린다. 등 미는 일도 역할이 바뀌었구나. 훗날 아들과 손자도 지금과 같은 시간을 맞으며 비슷한 생각에 잠기겠지.

마지막으로 등 안마를 받고 나갈 생각이다. 수평으로 내뿜는 물줄기에 등을 들이댄다. 뭉친 근육이 풀리는지 시원하다. 잠시 후 방향을 바꾸니 뱃살이 자극을 받는다. 이 기름 덩어리, 이 식탐 덩어리. 3킬로만 확 던져버리면 좋으련만.

상쾌한 기분으로 목욕탕을 나선다. 이 순간은 몸과 마음이 깨끗하다.

(2016)

어둠의 역설

생을 곧추세우는 힘은 무엇일까.

굼벵이도 구르는 재주가 있듯이, 사람마다 타고난 재능이나 터득한 깨달음이 있을 것이다.

몇 년 전 육지의 어느 가톨릭 신자가 내가 다니는 성당을 찾아와 전교 방법을 강의한 적이 있다. 그때 들려준 이야기 한 토막이 잊히지 않는다.

"하느님, 왜 저를 얼굴도 못생기고 공부도 못하는 여자로 만드셨습니까?"하고 울부짖었더니, "모두가 얼굴이 잘생기고 공부를 잘한다면 어떻게 아름답고 명석한 사람을 구분할 수 있겠느냐? 너로 인하여 다른 사람이 돋보이니 얼마나 좋은 일을 하는 것이냐." 하고 대답하시더란다.

어둠이 빛을 밝힌다는 오묘한 진리가 아닌가 싶다. 그래서 만물은 본질 속에 실존하게 되고, 사람의 마음도 온기를 품고 세상을 끌어안는 힘이 생길 테다.

평범하게 세상을 살아가기도 생각만큼 쉽지 않다. 주어진 운명과 환경과 재능으론 자신이 영위하고자 하는 삶을 사랑하기엔 턱없이 모자란 듯하다. 그러나 깊숙이 들여다보면 이런 부족함에서도 반대급부로 주어지는 것들이 많다. 어둠으로 빛이 밝아지고, 침묵이 소리를 드러내며, 유한성으로 생을 사랑하고, 역경으로 성장하게 되는 역설이다. 이렇듯 긍정적 사고로 영혼을 위로하는 힘을 얻지만, 언제나 굼뜨다.

내게는 단점이 수두룩하다. 자신을 객관적으로 바라보기는 어렵고 남의 떡이 커 보이는 현상이 가세하는지도 모를 일이다. 몇 가지만 바꿀 수 있어도 전혀 다른 사람으로 살 수 있으련만, 언제나 가정법은 가정법일 뿐이니. 그래서 노래를 잘 부르거나 이름을 잘 기억하는 사람을 유별나게 부러워하며 박수를 보내게 된다.

노래에 재능을 타고나면 크게 축복받은 사람이다. 노래는 마르지 않는 감정의 샘물이며 생의 활력소가 아닌가. 혼자서도 기쁨과 슬픔을 다스릴 수 있고, 여러 사람 앞에서 멋들어지게 한 곡 뽑음으로써 온 세상을 흡입하는 마력이 솟기도 하리라.

부모님이 노래 한 소절 하시는 걸 들은 적이 없으니 그 유전자가 어디 가겠는가. 초등학생 때부터 음치라고 각인하며 담을 쌓다 보니 제일 싫은 곳 중의 하나가 노래방이다. 예전에는 이런저런 모임에서 회식이 끝나면 으레 노래방으로 향했다. 나는 빠질 궁리에 바빴고, 마지못해 합석하면 한 곡 부르는데 가슴이 뛰고 식은땀이 났다. 사람들은 좋은 목소리라 하는데도 미꾸라지처럼 음정 박자가 도망을 쳐 버린다. 그런 연유로 악기 하나도 벗하지 못하고 서쪽으로 기운 나이에 이르니 감정의 마른 잎만 남는다.

사회생활의 필수품, 사람의 이름을 기억하는 능력도 많이 부족하다. 교사 시절에는 담임 학급 60여 명의 이름과 번호를 일주일 정도에 외우기도 했지만, 그것은 책임감에서 비롯된 노력의 결과였다. 헤어져서 일 년쯤 지나면 절반의 이름은 잊어버리고 또 일 년 후에는 겨우 몇 학생 이름만 기억 속에 저장된다.

많은 제자의 이름을 거의 기억하시는 고교 은사님이나, 초·중학교 동창들 이름과 번호를 상기하시는 종형님을 볼 때면 부럽기 그지없다. 우연한 자리에서 상대는 나를 알고 나의 이름을 기억하는데도 나는 첫 만남처럼 생소하게 느낄 때가 흔하다. 얼굴은 알면서도 이름이 떠오르지 않아 우물우물 대화를 나눌 때면 내 마음은 쥐구멍을 향해 내달린다. 자격지심으로 이름을 묻는 용기마저 사라지니 참 묘한 일이기도 하다.

일전에 느닷없이 아내에게 물어보았다.

"여보, 나의 큰 약점이 뭐라고 생각해요?"

"글쎄요, 표현을 잘 안 하는 것."

잠시 뜸을 들이고 돌아온 대답이었다. 남편에 대한 약점이 한두 가지랴만 소통의 부족을 지적했으니 맞는 말이다. 과묵한 성격이라는 건 자신과 자신의 약점을 감추는 당의정에 불과하다. 부부이기에 이심전심으로 통하는 경우도 적지 않겠으나, 드러내지 않은 깊숙한 마음을 다 읽을 수는 없다. 표현이 없으면 소통의 단절이요 관심의 결여이며 사랑의 부재다. 빈약한 소통으로 마음의 평행선을 달린다면 껍데기 부부에 지나지 않을 것이다.

어제는 친족의 기제 참여와 관련된 하찮은 일로 한랭전선이 생겨났다. 늘어나던 대화가 확 줄어 속마음은 불편했다. 어느 수필의 내용을 갖고 먼저 다가갔다.

"여보, 누군가는 '당신 말이 맞소'를 가훈으로 하고 있대요."

"좋아요, 좋아요. 우리도 그걸로 해요."

7할은 당신 의견 따르며 살아왔으니 이제는 바꿔 살아가자는 말이 겹쳐 들린다. 아내에게 보름달 같은 웃음으로 응답한다. 어둠이 빛나는 시간이다.

(2017)

9월의 자두꽃

계절을 거스르는 꽃은 슬픈 서사다.

4년 전 따사로운 봄볕에 이끌려 오일장에 들렀었다. 딱히 사려는 물건이 있어서가 아니라 서민들의 삶에 융화되어 힘을 돋울 생각이었다. 이곳저곳 둘러보다 과수 묘목 가게 앞에 멈춰 섰다. 같은 수종끼리 노끈으로 허리가 묶인 채 나무 이름이 적힌 마분지 조각이 매달려 있었다. '왕자두'란 이름에 마음이 쏠렸다. 상인은 흔히 '왕' 자를 붙여 크기를 강조하며 고객을 끈다. 왕대추, 왕매실, 왕석류 …. 뛰어난 상술이다.

처음 먹어 본 자두 맛이 머릿속에서 살아났다. 대학 시절 한 고등학생을 상대로 가정교사를 할 때, 그의 집 마당에는 오래된 감나무, 대추나무, 자두나무가 몇 그루 있었다. 7월로 들어서자 주인아주머니가 불그레한 낯빛의 자두를 몇 개 내오셨다. 어떤 맛일까, 궁금증을 달구며 깨물었다. 새콤달콤한 맛이 입안을 떠돌다 머릿속에 진하게 가라앉았다.

엄지보다 좀 굵은 자두 묘목 한 그루와 푸성귀 몇 포기를 사고 집으로 돌아왔다. 북쪽 마당 가운데쯤에 구덩이를 파서 부엽토를 넣고 묘목을 심은 후 물을 흠뻑 주었다. 나무는 내가 울면 따라 울고 웃으면 함께 웃어 주어서 애정이 많이 간다. 내 마음을 읽어서인지 자두나무의 성장은 눈으로 볼 정도다. 성장력이 왕성한 대목을 만난 접수의 행운일 테다.

지난 4월에는 오얏꽃이 흐드러지게 피었다. 자두꽃을 이르는 아름다운 우리말, 오얏꽃은 연둣빛이 감도는 하얀 꽃으로 이파리보다 먼저 피어난다. 같은 시기에 핀다면 벚꽃과도 손색없이 맞댈 만하다. 하얀 옷을 벗고 나서 열매를 얼마나 맺을까 눈독이 들 만큼 살펴보았으나 실망이었다. 겨우 다섯 알을 찾을 수 있었다. 크기라도 왕자두란 이름에 걸맞기를 바랐지만, 실망의 골만 깊어졌다. 겨우 적갈색의 거봉 포도 크기라니, 묘목상이 원망스러웠다. 하기야 그인들 제대로 알 수 있으랴. 생산 업자에서 출발하여 몇 사람 손을 거쳐 온 나무일 텐데.

그새 자두나무는 몇 걸음 떨어진 단층의 지붕보다 높이 자랐다. 정원수나 과수들을 여러 종 키워 보았지만 이런 속성수는 처음 본다. 몸속에 달린 유전자는 어쩔 수 없는 일, 올봄에도 꽃은 풍요로웠으나 7월 들어 몇 개 달린 열매는 메추리 알 정도다. 보잘것없는 열매 몇 알을 내놓으며 요충지에 들어앉아 공간만 차지하겠다니, 헤어질 운명이 아닌가. 8월 구름 긴 날을 택해 밑동을 자를까 생각하다가, 막상 손을 대려니 안쓰러워 굵은 가지들만 톱질했다. 뿌리는 튼튼히 땅속을 움켜쥐었을 터이니, 내년에 우량 삽수를 구해 접목할 요량이다.

9월 중순에 들어서자 잔가지 여기저기서 자두꽃이 다시 피어났다. 이웃한 단풍나무에서는 성급한 잎사귀가 채색에 몰두하는데, 자두꽃은 봄으로 시계를 돌렸으니 그 메시지는 무얼까. 잘린 가지 끝에서는 모도록하게 새순들이 돋아나 한 뼘 정도 자란 녀석도 있다. 이 또한 무슨 의미일까.

나무에도 후손을 퍼뜨리며 번성하라는 소명이 주어졌나 보다. 간지들이 잘렸으니 불운을 예감하며 열매를 맺기 위해 동분서주하는 꽃의 몸부림이 애처롭다. 최선의 삶을 추구하려는 자두나무가 성자처럼 보인다.

신은 시간을 만들고 생명체는 시간을 가꾸는가, 현실을 살아내는 저 몸부림.

(2017)

발상의 전환

인생이 경이롭고 아름다운 건 사람마다 제 길을 걷기 때문이 아닌가 싶다. 아주 비슷할지는 몰라도 똑같을 수는 없다. 그래서 같은 현상을 두고도 상반된 생각을 떠올리고 다양성을 창조하는 게 아닐까.

낯선 번호가 스마트폰을 울렸다. 받아 보니 내게로 온 전화였다. 대형 폐기물을 수거하려는데 어디 내놓았느냐고 묻는다.

10여 년 동안 열기를 뿜으며 추위를 덜어 주던 가스히터가 올겨울엔 가탈거리기 시작했다. 점화가 안 되기도 하고, 불꽃이 일다가도 얼마 후엔 꺼져버리곤 했다. 취급 점에 문의했더니 부품의 수명이 다했다며, 그 부품을 사느니 새 제품을 구매하는 게 나을 것이라 했다. 배보다 배꼽이 클 것이라 말해 주는 점원이 정직해 보였다.

주민센터에 들러 폐기물 스티커를 끊었다. 4,500원이었다. 설 연휴가 끝나면 수거할 것이라 했다. 어제 오후 아내는 가스히터에 스티커를 붙이고 집 앞 길가에 내놓았다.

전화의 질문에 집 앞이라 대답해 놓고 확인하러 밖으로 나가 보왔다. 엊저녁과 오늘 아침에도 밖을 들락거렸지만 빨간 가스히터가 보이지 않았다는 생각이 떠올라서였다. 관심을 안 둬서 그런 현상이 나타났을까, 확인해 보았지만 역시 없었다. 누군가 필요한 사람이 가져간 모양이다.

누군가에겐 쓰레기가 또 누군가에겐 긴요한 재활용품이 될 수도 있을 것이다. 어떻게 사용하느냐가 여러 길을 만들 게 아닌가. 인생의 길도 관점의 차이에서 갈려 나가듯이.

얼마 전 바닷가 정화 활동을 할 때였다. 여러 단체와 함께 도지사를 비롯한 관계 공무원들도 참여했다. 십시일반이란 말이 실감이 났다. 갯가의 엄청난 쓰레기더미를 마대에 담고 뭍으로 옮겨놓은 것이다. 일이 끝나갈 즈음 한 아주머니가 조그만 나무토막을 기념으로 가져가라고 도지사에게 건넸다. 올빼미 비슷한 형상이었다. 도지사는 하찮은 일에도 구설에 오른다면서 단번에 사양했다. 아주머니는 다소 맥 풀린 듯이 그것을 쓰레기 더미에 버렸다. 곁에서 지켜보던 나는 가져도 되느냐며 손에 쥐었다. 어쩌면 처음으로 조각품 하나 만들 수 있지 않을까 하는 생각이 꿈틀댄 것이다.

눈은 올빼미 같은데 귀는 자라기 시작한 사슴뿔 같았다. 아내에게 보여줬더니 무엇 하러 이런 걸 가져왔느냐고 타박한다. 어느 나라에서 왔는지도 모를, 그래서 무언가 불길한 숨결이 붙어 있지나 않을까 하는 조바심이 일었을 법도 하다. 그래도 나는 그걸 버리지 못하고 그늘에서 말리고 있다.

발상의 전환을 얘기하는 글을 접한 적이 있다. 예수상을 만들고 있는 미켈란젤로에게 한 나그네가 말했다. "당신의 창작은 참으로 위대하군요." 이에 미켈란젤로의 응답이 걸출했다. "나는 아무것도 한 일이 없습니다. 이 대리석 안에 숨어 계신 예수님을 그저 해방했을 뿐입니다."

대단한 사유의 날갯짓이 아닌가. 그래서 아무나 예술가가 될 수는 없는가 보다. 사물을 대하는 안목의 찬란함에 경탄하게 된다. '관점의 차이는 IQ 80의 차이에 준한다.'는 컴퓨터 공학자 앨런 케이의 말도 같은 맥락일 테다.

생존의 장벽으로 여기는 무수한 결핍과 고난에도 마음은 풍요롭고 행복하게 사는 사람들이 있다. 그것은 기준이나 판단의 차이에서 비롯될 터이다. 어둠이 없다면 찬란한 별은 퇴색하고 말 것이다. 세상의 모든 존재 자체가 값진 실존이지 않을까 싶다. 다양성을 수용하는 마음들이 우리 사회를 건전하게 만들리란 생각을 해 본다.

불행히도 확증편향에 사로잡힌 사람들이 넘쳐나고 있다. 이분법적 사고로 내 편이 아닌 사람은 모두 증오의 대상이요, 몰아내야 할 적으로 여기는 분위기는 살벌하고 끔찍하다. 누구나 보고 싶은 것을 보고 듣고 싶은 것을 듣는다. 그렇더라도 가끔은 역지사지의 생각으로 사방을 둘러보는 마음이 필요하다. 평화와 여유, 행복까지도 그런 마음에서 솟아나기 마련이다.

날마다 바뀌는 시공의 변화에도 새로운 의미를 찾아내지 못한다면, 그저 목석에 지나지 않을 것이다. 목석은 글감은 될지언정 글은 쓸 수 없다.

나는 글을 쓰고 싶다. 보는 자에게만 보인다는 말을 새기며 새롭게 눈뜨고 싶다.

(2019)

말씀의 빛

어둠은 빛을 갈구한다.

태초부터 어둠 속으로 빛을 들이기 위한 의식이 시작되어 굽이굽이 시공을 흐르고 있다. 화북성당의 대성전은 잠시 빛을 몰아내고 어둠을 불러들였다. 캄캄하다. 고요하다. 검게 스민 마음을 정화하려고 뭇 눈동자들이 창작 뮤지컬 〈사도 베드로〉의 막이 오르길 기다리고 있다.

붕~. 채색되지 않은 소리가 중저음에서 큰 원형을 그리며 퍼져 나가고, 베드로와 그의 동생 안드레아가 갈릴리호숫가에서 어망을 손질하는 모습이 나타난다. 하느님이 말씀으로 세상을 창조하신 것처럼, 여섯 명의 배우들이 예수, 베드로, 야고보, 요셉, 유다, 마리아 막달레나로 분해 빛나는 말들을 들려줄 것이다. 나는 그 의미를 음미하며 구슬로 꿰어 마음에 걸어 놓으려 한다.

"나를 따라오너라. 내가 너희를 사람 낚는 어부로 만들겠다."

예수님의 말씀은 간단명료하지만 많은 의미를 지니고 있다. 신앙은 가르침을 수용하는 데서 비롯한다. 가톨릭은 인간을 구원의 길로 안내하는 이정표다.

"예수님은 사랑이시네."

예수는 그 시대의 천형으로 여겨지는 나병 환자까지 기꺼이 고쳐주셨다. 주변에서도 한센병 환자를 돕기 위해 매년 소록도로 봉사 활동을 다녀오는 교인들이 있다. 그들의 마음은 늘 평화롭다. 사랑은 실천으로 꽃피는 것이리니.

"하늘 문을 여는 열쇠를 맡긴다."

성경에는 "나는 너에게 하늘나라의 열쇠를 주겠다. 그러니 네가 무엇이든지 땅에서 매면 하늘에서도 매일 것이고, 네가 무엇이든지 땅에서 풀면 하늘에서도 풀릴 것이다."라고 기록되어 있다. 예수는 왜 모든 이에게 열쇠를 주지 않고 베드로에게만 맡기셨을까. 질서를 유지하기 위함인가, 아니면 신앙심이 제일 두터운 제자여서일까.

일전에 실수로 방 열쇠를 안으로 잠근 채 밖으로 나왔었다. 열쇠꾸러미를 모두 동원했지만 맞는 것이 없었다. 하릴없이 열쇠공을 불렀더니 삼 분만에 해결했다. 세상엔 아무나 할 수 없는 일이 있게 마련이다.

"모닥불은 타지 않으면 빛과 온기를 전할 수 없다."

자신의 몸을 태워야 제 본질을 드러낼 수 있음은 슬픈 아름다움이다. 죽어서야 더 빛나는 삶이 얼마나 많은가. 그래서 인간의 영혼은 아름다워질 수 있을 것이다.

"왕위직이란 어머니가 애기를 낳아 젖을 물리고 키우는 것과 같다."

보살핌은 사랑의 실천이다. 섬김을 받으러 온 것이 아니라 섬기러 왔다는 말씀으로 예수님은 세속의 왕과 구분되며 모두 머리를 숙이게 하는 원천이다. 정치 지도자들이 귀 열기를 합장한다.

"사람 손에 넘겨져 죽을 것이다."

거역할 수 없는 운명이어서 받아들이려는 것이 아니다. 스스로 그 운명을 만들어 운명을 이기려는 역설이다. 죽음이 없으면 부활은 없다.

나는 부활을 꿈꿀 수 있는가. 가끔 던지는 자문자답이 허망하지 않도록 기도한다. 일상의 작은 부재 속에서 그 존재의 무게를 가늠하는 경우가 많다. 죽음이란 최고의 부재가 아닌가. 살아있음에 감사하고, 행복하고 보람되게 살도록 노력할 일이다.

"선생님, 용서해 주십시오."

"난 너를 한 번도 단죄한 적이 없다."

베드로와 예수가 주고받은 말은 커다란 위안이다. 형제가 잘못을 저지르면 일곱 번까지 용서하면 되느냐는 물음에 일흔일곱 번까지라도 용서하도록 가르친다. 용서의 다른 이름은 사랑일 것이다. '주님께서 죄악을 헤아리신다면 주님 감당할 자 누구오리까?' 오히려 당신께 용서가 있사와 더더욱 당신을 섬기라 하시나이다.' 자주 되뇌지만 스스로 설정한 준칙을 지키지 못해 마음이 아리니 어쩌랴.

"첫째가 되려면 모든 이의 꼴찌가 되어야 한다."

한없이 낮아져서 작고 보잘것없는 사람들을 존중하고 사랑하라는 가르침은 세속의 셈법이 아니다. 하늘의 셈법이다. 가질수록 더 많이 갖고 싶어 하는, 높아질수록 더 높아지고 싶어 하는 사람들에게 경종을 울리고 있다.

"내가 너희 발을 씻겨 주지 않으면 나와 아무 관계도 없게 된다."

제자들에게 세족례를 하는 장면을 떠올려 본다. 깜짝 놀란 제자의 모습과 온후한 스승의 표정이 무척이나 대조적이다. 사랑의 줄로 관계망을 짜라는 시범이지 않은가. 넓은 우주가 사랑의 관계망임을 깨달아야 할지니.

"내 나라는 여기에 속하지 않는다."

빌라도가 예수에게 무슨 일을 저질렀느냐고 물었을 때의 대답이다. 무엇 하러 오셨을까. 분명히 대답하신다. "나는 진리를 증언하려고 태어났으며, 진리를 증언하려고 세상에 왔다. 진리에 속한 사람은 누구나 내 목소리를 듣는다."

"이제 때가 되었다."

시작과 과정을 거쳐 완성에 이른 때이다. 자기의 뜻을 온전히 이루는 시간이기에 얼마나 장엄하고 영광스러운 시간인가. 몇 번을 돌아봐도 흠결이 없는 완결. 그래서 그리스도인에게는 새로운 세상이고 희망이며 생명인 것이다.

막이 닫히고 열릴 때마다 넘치는 박수 소리, 아름다운 노래와 율동, 그리고 진리의 말씀으로 두 시간의 여정은 완료되었다. 하느님과 이웃을 사랑하라는 가톨릭 교리가 마음마다 흐르고 있을 것이다.

'주님, 저에게 자비를 베풀어 주십시오.'

성당을 나서며 주문처럼 되뇐다. 흐린 밤하늘엔 바람이 시원스레
넘나들고 있다.

(2017)

석류의 꿈

앞마당 구석에 뿌리를 내린 석류나무를 바라볼 때면 어머니 모습하고 포개진다.

취미로 키우는 분재 무리에 석류나무도 두 그루 있다. 봄이 익어가면 주홍색 꽃을 피워 아름다운 자태를 뽐낸다. 열심히 가꾸며 탐스러운 열매를 고대하지만, 헛바람이 되고 만다. 둘 다 꽃을 감상토록 개량된 종이라 한다. 불임수술의 통증이 겹겹의 꽃잎으로 붉게 스미는 것일까. 꽃석류는 늘 마음 한쪽을 휑하게 한다.

몇 년 전 이사하면서 정원수와 과실수를 몇 그루 심을 때였다. 오일장에서 마음에 드는 수종을 고르는데 '왕석류'라는 꼬리표에 반해서 석류나무 묘목도 하나 데려왔다. 그게 자라서 지지난해부터 열매를 맺기 시작하더니 올해는 제법 많이 달렸다.

석류나무 옆에는 배롱나무와 감나무가 이웃하지만, 피붙이가 아니어서 외로움을 탄다. 그래서일까, 석류나무는 꽤 욕심이 많다. 6월부터 11월까지 간간이 꽃을 피우고 열매를 맺는다. 맏이와 막내의 터울만큼 덩치도 다양하다. 아기 주먹에서 방울토마토 크기의 얼굴들이 서로를 마주한다. 석류나무는 혈육을 키우는 게 생의 의미이며 보람이라는 듯, 그 일에 모든 힘을 쏟는다.

어머니도 외로웠는지 왜소한 체구에도 6남 2녀를 낳으셨다. 가난한 소작농으로 가정을 꾸리면서 자녀들을 모두 성장시켰으니, 그 과정에서 젖 달라, 옷 달라, 학비 달라 졸라대는 우리들 모습이 저러했을 것 아닌가. 어미나무에 매달려 방울방울 흔들리는 저 열매들처럼.

석류나무는 길쭉길쭉한 가지 끝에 자녀들의 보금자리를 마련한다. 자녀들은 크면서 복주머니에 알알이 꿈을 담는다. 적갈색 얼굴이 매끄럽게 둥그러질수록 어머니와 어머니의 어머니인 대지를 향해 깊숙이 고개를 숙인다. 감사의 큰절일 것이다.

석류는 사랑하는 마음이 탱탱해지면 속가슴을 드러낸다. 알알이 박힌 빨간 보석들을 기꺼이 세상으로 되돌리기 위함이다. 아름답게 밥상을 차리면 직박구리들이 즐기기도 하고, 때로는 통째로 땅에 펼쳐 놓아 곤충이나 미물의 양식이 되기도 한다.

처음 열리던 해, 맛의 궁금증에 목마르던 어느 날 껍질이 벌어진 가장 큰 놈을 따서 짝 벌려 보았다. 얇은 피막으로 몇 군데 방을 만들며 물기 젖은 알들을 모도록이 담아 놓았다. 한 입 깨무는 순간, 밀려드는 시큼함이라니. 묘하게도 이내 달콤함이 찾아들어 새콤달콤한 맛을 완성했다. 올해도 순간 몰려드는 그 진한 맛을 확인하며 눈으로 깊은 사랑을 읽는 호사를 누린다.

누가 자신의 삶을 석류처럼 당당히 드러낼 수 있을까. 행복한 마음의 저 붉은 웃음들. 최선을 다해 살았고, 결실을 나누었으니 하늘을 향해 한 점 부끄러울 게 뭐랴.

12월 중순에 접어들어 배롱나무 감나무 단풍나무들은 진작 잎을 떨구었지만, 석류나무는 아직도 태반의 잎을 매달고 있다. 자신의 품을 떠나지 못한 열매들을 끝까지 보듬으려 함이다. 같은 낙엽수이면서 이웃들보다 몸이 무겁다고 불평하거나 안달하지 않고 꿋꿋하게 계절을 견디고 있다. 여린 속마음을 감추려고 군데군데 가시옷으로 무장하지만 갖가지 바람은 아랑곳하지 않고 휘갈기며 지나간다. 고난의 길 아닌 생이 있으랴. 얼마 후면 석류나무도 완전한 나목으로 수행의 길에 들 것이다. 새봄을 꿈꾸며 추위를 견뎌낼 테다.

어머니도 생의 끝자락을 요양원에서 보내고 계신다. 찾아뵐 때마다 큰아들에 대한 기억이 아물아물 멀어지시는 듯하다. 들썩이는 어깨를 추스르며 이곳저곳을 주무르고 여러 가지 옛일을 회상시키다 돌아서려면 어머니는 신앙의 기도문처럼 덧붙이신다.

"이딘 밥 주켕 해동 죽 베낀 안 준다. 죽 가정 오크메 먹엉 가라.(여긴 밥 주겠다고 해놓고 죽 밖에 안 준다. 죽 가져 올 테니 먹고 가라)."

구순을 몇 년 넘긴 긴 생애를 사시면서 고통을 이겨낸 힘의 줄기는 오직 자식 사랑임을 절감한다. 이제 다 내어주고 몸이 마른 잎처럼 변하는 날까지 의식의 밑바닥에 남아 있는 저 허기짐. 한평생 당신의 배고픔을 자식 걱정으로 채우신 분, 어머니!

날씨가 춥다. 그런데도 무엇이 마당 구석으로 발길을 당긴다. 어머니의 체온이 석류나무에 묻어 있는 듯하다. 현관문을 나서니 먹거리가 귀해졌는지, 참새 가족이 석류에 매달렸다가 포로롱 포로롱 공중으로 길을 낸다. 둥치 큰 소나무라면 달려가 와락 안고 싶다. 안기고 싶다.

어머니의 숨결 같은 홍옥을 들여다본다. 어찌 그 마음을 다 헤아릴 수 있을까. 영영 이곳을 떠나면서 생을 소명해야 한다면, '자식 사랑하다 가노라'고 어머니는 주저 없이 말할 수 있으리.

오래 보아야 사랑스럽다는 어느 시인의 말을 떠올리며 긴 시선을 보낸다. 석류의 꿈을 읽는다. 겸손하게 살면서 사랑으로 가슴을 터뜨리는 것, 그리고 생명 창조의 손길에 감사하는 마음을 배운다.

내 마음도 석류의 꿈처럼 알알이 영글 수 있다면….

(2017)

여행의 발자국

사단법인 제주바다사랑실천협의회 회원 38명이 강원도로 2박 3일 일정의 여행을 나섰다. 이른 아침 제주공항을 이륙한 비행기가 한 시간쯤 걸려 청주공항에 도착하고, 대기 중이던 관광버스에 올라 원주로 이동했다.

처음 구경할 곳은 소금산 출렁다리다. 100m 상공에 길이 200m 폭 1.5m인 이 다리는 국내 산악보도교 중에서 제일 길다고 한다. 구불구불 놓인 나무 데크 550여 계단을 밟으며 산을 올랐다. 평일인데도 적지 않은 여행객들이 오가고 있다.

심호흡을 하고 용기를 내어 출렁다리를 건너가는 무리 속으로 합류한다. 몇십 미터도 가기 전에 철사다리는 출렁출렁, 내 다리는 후들후들, 머리는 어질어질, 가슴은 울렁울렁. 하릴없이 나는 발길을 돌린다. 체질이 그런 걸 어쩌랴.

오후엔 레일바이크를 타러 나섰다. 폐선로를 활용한 7.8km 코스다. 열차를 타고 터널도 다섯 번 지나며 완만한 오르막을 이동한다. 앞쪽에 앉은 장년의 남녀가 입맞춤하고 한 사람은 사진을 찍는다.

사진사의 종용에 따라 두세 차례 연출되는 키스 장면에 사람들은 박수를 보낸다.

4명이 1조가 되어 앉은 채 천천히 페달을 밟으며 펼쳐지는 풍경을 즐긴다. 보조를 맞추는 건 동행의 바탕이며 사랑의 실천이란 생각이 스친다. 바이크 체험이 끝나는 곳에선 언제 찍었는지 조별로 찍힌 사진을 6천 원에 팔고 있다. 대부분 그대로 지나치는데 나는 귀신에 홀린 듯 지갑을 열고 말았다.

평창 동계올림픽 경기장을 잠시 둘러보고 주문진으로 향했다. 사람들이 왁자지껄하고 사방에 널어놓은 오징어가 깃발처럼 펄럭이리란 예상은 빗나갔다. 푸른 저녁 바다는 잔잔하고 깨끗한데 눈에 띄는 사람이 없어 쓸쓸하다 못해 황량하다.

다음 날 아침 룸메이트 셋이서 아침 산책을 나섰다. 이름 모를 강변을 따라 얼마를 걸으니 주문진항에 이른다. 군데군데 정박한 어선들이 출항을 꿈꾸고 있다.

호수처럼 잔잔한 항구의 물속을 들여다본다. 손가락 한마디쯤 되는 이름 모를 치어들이 무리를 지어 이리저리 이동해 다닌다. 부지런히 일상을 여는 모습이 신기롭다. 저 꼬맹이들이 꼬리를 좌우로 흔들며 빠르게 나아가기도 하고, 제자리에 한참 머물기도 하다니.

정동진 해안가에 자리한 퇴역 전함과 잠수함을 둘러본 후 드라마 모래시계 촬영소로 향했다. 커다란 모래시계 뒤편에는 해시계도 보인다. 널따란 모래사장이 바다와 사이좋게 놀고 있다. 주변엔 쓰레기가 눈에 띄지 않는다. 제주 해안과는 달리 이곳에는 멀리서 조류를 타고 건너오는 쓰레기가 없는 듯하다. 예전처럼 오징어와 명태가 많이 잡히면 좋을 텐데 씨가 말랐다니….

바다와 근접한 일명 부채길을 달린다. 맞은편에는 제주의 오름 같은 산들이 즐비하다. 바위산 이곳저곳에 뿌리를 박은 소나무들이 이채롭다. 척박한 환경을 견디는 강인한 생명력이라니.

점심을 먹은 후 강원종합박물관으로 향했다. 높낮이가 다른 여러 개의 기와지붕이 어우러진 모습이 무척이나 아름답다. 대진(대순진리교) 재단이 운영한다고 하여 삐딱하게 생각하는데, 박물관에는 볼 만한 것들이 수두룩하다고 운전기사가 귀띔한다.

초입부터 진귀한 모양의 바위가 시선을 압도한다. 잔디와 정원수도 깔끔하다. 아홉 개의 전시장엔 진귀한 것들로 가득하다. 온갖 화석과 종유석, 도자기와 금동 제품과 석 제품, 종교와 관련한 여러 나라의 문화재와 모형 건물…. 진귀한 것은 죄다 모인 것 같다. 그야말로 보화의 창고다. 이곳처럼 돈의 위력을 실감케 한 곳이 어디이던가.

여행 마지막 날 아침, 버스는 남설악을 향해 달린다. 가을 단풍철이 아닌데도 사방이 절경이다. 녹엽의 물감이 몸속으로 스미는 듯하다. 굽이굽이 돌아 한계령에 이르자 작가들은 고급 카메라로 풍경을 담고 나는 스마트폰 카메라로 경치를 불러들인다.

버스가 온 길을 되돌아 내려가다가 주전골 관찰로 쪽에 일행을 내려놓는다. 비경들을 감상하며 트레킹 코스를 걷는다. 용소 폭포가 물줄기를 떨어뜨리고 기암들이 세월을 껴안은 채 내려다본다.

다리도 몇 개 건너며 가다 보니 오색약수터에 이른다. 귀한 물이라서 바위틈에서 조금씩만 흘러나오는가 보다. 바가지로 떠서 얼마를 들이켜니 한마디로 표현할 수 없는 독특한 물맛이 느껴진다.

마지막 코스는 통일전망대다. 이전에 몇 차례 들렀던 곳이다. 전망대에 올라설 때마다 분단의 아픔이 밀려든다. 금강산 끝자락은 손이 닿을 듯한 거리인데, 언제면 자유로이 드나들 수 있을까.

전망대 마당에는 목각화를 판매하는 가게가 눈길을 끈다. 향나무 널빤지에 그림과 글이 새겨진 작품들이 진열되어 있다. 잠시 구경하다가 초가 두 채와 물레방아가 그려지고 '행복한 우리 집'이란 제목의 글이 들어 있는 작품을 사기로 한다. 띄어쓰기가 잘못된 것을 지적하자 고쳐 쓰고 가족의 이름도 덧붙인다. 지갑을 열고 값을 치르려 할 때 옆에 있던 일행이 좀 깎으라고 거든다. 나도 모르게 튀어나온 말이 그를 무안하게 만든 것 같다. "좀 더 드리지 못해 미안합니다." 난생처음 사용한 이 말은 예술품에 대한 존경심의 발로일는지.

점심을 먹으러 진부령 고개에 있는 명태 요리로 알려진 식당에 들렀다. 자리에 앉자마자 말(언어)과 유희하는 회원이 입을 연다. 주님을 모시자며 술타령부터 나온다. 말 비틀기의 달인이다. 모래시계를 볼 때는 글피시계는 안 보인다 하고, 곤드레 식당을 지나칠 때는 만드레 식당이 없다 한다. 하품이 날 때는 상품과 중품은 다 팔렸다 하고, 아이스크림을 먹을 때는 어른스크림을 달라 한다. 오죽을 볼 때는 오죽하면 검었을까 나무란다.

아름다운 풍광을 즐기고 집에 돌아오니 역시 아늑하다. 그래서 집을 성이라 하는가 보다. 목각화와 사진을 꺼내 보이니 아내와 막내아들이 들여다보는 순간 표정이 어두워진다. 목각화에는 막내아들 이름이 틀리게 새겨 있고 사진에는 엉뚱한 사람 넷이 바이크를 타는 모습이 들어 있지 않은가. 아뿔싸, 어찌하면 좋을꼬.

끝자락 인생의 여행길에선 이런 실수가 없어야 할 텐데….

(2018)

사유 충전

어인 일인가. 생기 넘치는 자연과는 달리, 오늘따라 마음엔 물기 한 줌 없다.

요즘이 행복의 절정기라고 생각하던 감정이 어디로 증발해 버린 걸까. 4월 첫 토요일, 특별한 이유도 없이 심신이 바닥으로 푹 가라앉았다.

아내는 지인이 상을 당해 시골로 문상하러 갔고, 막내아들은 밥벌이 준비하려고 도서관을 찾았다. 이렇게 혼자 집에 있을 때면 기분 좋게 자유를 만끽하곤 하는데, 여느 때의 일상이 낯설게 다가온다. 책을 읽거나 글을 쓰는 것도, 정원의 봄꽃들과 눈 맞추는 일도 신명 나지 않다.

곰곰이 생각해도 뚜렷한 이유를 찾을 수 없다. 걱정거리가 튀어나온 것도 아니요, 무료해서 흐느적거리는 생활도 아니다. 혹시 춘곤증? 동의할 수 없다. 그냥 일시적 변덕이라고 치부해야 할 것 같다.

아내가 점심을 준비해 놓고 나갔지만, 오랜만에 라면을 끓여 깍

두기에 먹으나 별미다. 네댓 달만의 만남에 미각이 춤춘다. 포만감을 안고 버스에 오른다. 멀지 않은 별도봉과 사라봉에 다녀올 심산이다.

미세먼지가 창공을 희부옇게 덧칠하고 있다. 그래도 별도봉 남쪽 기슭에 펼쳐진 벚꽃이 멀리서도 시선을 당기며 잔설을 연상시킨다. 정오가 무르익는 시각이어선지 마주치는 사람이 별로 없다.

별도봉 동쪽 계단을 밟으며 정상으로 오른다. 두 다리가 이내 힘겨워한다. 일 년 전의 걸음이 아니다. 거북이걸음이 서서히 달팽이걸음으로 변하고 멈춰 서길 몇 차례 반복한다. 운동하는 보행객들이 추월하여 앞서가는 모습을 바라본다. 한때 저들처럼 젊음을 누렸으니 부러워하지는 말아야겠다.

잠시 길섶 의자에 앉아 숨을 고른다. 계단 위에 쌓였을 발자국들을 생각하다가 인류의 역사와 문화가 남긴 혜택을 헤아려 본다. 수많은 사람이 더 나은 삶을 위하여 내디딘 첫 발자국들이 이어져 이처럼 길을 만들고 나는 그 길을 걷고 있음이 아닌가.

몸을 떠받치는 걸음이 이런저런 생각을 불러온다. 보수란 이제까지 인류가 이룩한 참되고 아름다운 가치를 보전하려는 마음이다. 진보란 저 너머에 더 나은 가치가 있다고 믿고 전진하는 정신이다. 둘은 배척의 관계가 아니라 보완의 관계이다. 진보가 과거의 가치를 모두 부정하고 앞으로 나아갈 수 없듯이, 보수가 지금까지의 테두리 안에만 머문다면 무지갯빛 꿈을 꿀 수 있겠는가.

정부의 요즘 행태를 보면 실망스럽다. 장관 후보자들이 검증대에

서면 도덕이나 윤리의 개념은 무너지고 만다. 청문회는 요식 행위처럼 비친다. 여러 가지 흠결로 반대 여론이 강한데도 대통령의 고유권한이라며 임명을 강행한다. 측근에서는 전 정권에서도 그랬다며 물타기 한다. 한마디만 하고 싶다. 진보라는 이름표를 떼어 버리라고.

정상에 올라서니 마음이 정화되면서 평화롭다. 시야가 넓어지면서 마음도 늘어난다. 티끌 같은 삶을 조망하며 자연의 묵언에 귀를 기울인다.

조그만 초소 곁에는 나이 든 산불 감시원이 사방을 둘러보고 있다. 가뭄이 계속되더니 전국 곳곳에서 산불이 발생하여 애태우고 있다. 지난 4일 저녁에 발화하여 사흘간 이어진 강원도 산불은 역대 최대급이라 한다. 이런저런 피해를 어찌 다 헤아릴 수 있을까. 피해액의 절반만 투입해도 초등에 진압할 수 있는 시스템을 마련할 수 있지 않을까 생각하며 정책 입안자들의 성찰을 촉구해 본다.

다시 쉬엄쉬엄 사라봉을 오른다. 간간이 벚꽃이 반긴다. '이 공원은 쓰레기가 없는 공원입니다.'란 간판을 보니 엉뚱한 생각이 스친다. '이곳은 쓰레기가 없는 공원입니다. 여러분의 깨끗한 마음의 결과입니다.'라고 했더라면 어땠을까.

사라정에 올라 사방을 둘러본다. 실루엣 같은 풍광이 아름답다. 남쪽의 한라산과 북쪽의 망망대해, 어딜 보아도 속이 확 트인다. '사봉낙조'는 영주 10경 중의 하나로 예부터 그 아름다움을 칭송해 왔다. 밤이면 제주시 야경도 볼 만할 테다.

봉수대 둘레에는 어디에도 작은 안내판 하나 없다. 좀 떨어진 곳에 '사봉낙조'를 설명하며 몇 자 적어 놓긴 했지만, 무언가 아쉽다. 역사는 보존하고 기록하는 데서 출발하는 게 아닐까.

내려가기 위해서 오른 건 아니다. 올랐으니 내려가야 하는 게다. 평안한 마음으로 연륜의 계단을 내려가는 것, 쉬운 일은 아니겠지만 버릴 수 없는 소망이다. 내리막길 발걸음이 가볍다.

나풀거리며 내려앉은 생의 파편들, 벚꽃길이 애련하다. 카메라 렌즈처럼 피사체를 응시하며 마음의 필름에 담는다. 자연의 풍경도 시간 따라 조금씩 변하듯, 의식도 의식하지 못한 채 서서히 사월 테다. 무상 앞에 서면 무엇이나 첫 만남이요 영원한 이별이다. 소중하지 않은 게 없다.

버스에 올라 집으로 향했다. 대문 안으로 들어서면 낯익은 풍경이 포근히 맞아 주겠지. 나는 일상에 몰입하고 당분간 유폐의 시간을 즐기려 한다. 내 안에 유연한 능선으로 휘두른 오름 하나 만들어 놓고 오르내리며 떠다니는 구름과도 벗할까 한다.

작가란 아름다움을 포기하지 않는 사람이라 했던가.

(2019)

곡선의 길

"여보, 삶은 계란이 물에 뜨기도 하고 가라앉기도 하네요. 왜 그럴까요."

아내의 목소리가 주방으로 나를 당긴다. 물론 과학과 거리가 먼 내게서 그 답을 구하려는 것이 아님을 안다. "이리 와서 계란 껍질 좀 까 주세요." 하는 직설보다는 이런 곡선적인 표현이 좋다. 몇 가지 반응을 선택할 수 있는 여유로움이 있지 않은가.

특별한 날이라야 맛보았던 유년의 달걀이, 지금은 작은 우주처럼 다가온다. 가로와 세로는 황금비일까. 그 속에 생명의 씨앗까지 담겼으니 경이로운 작품이다.

사물은 흔히 본질을 숨기고 현상으로 말을 건다. 이건 누구에게나 흥미를 유발하는 대화법이다. 수많은 은유를 펼침으로써 상대의 수준에 맞춘다. 얼마나 풍요롭고 세련된 소통 방식인가. 직설법만을 고집한다면 무미건조한 세상이 되고 말 것이다.

나는 곡선의 매력에 빠져 사유할 때가 많다.

직선이 문명의 길이라면 곡선은 자연의 길이다. 직선이 편의를 추구하고 규칙과 획일화를 고집한다면, 곡선은 아름다움을 지향하고 불규칙과 다양화를 선호한다. 자연의 작품은 대개가 곡선을 통해 미를 표출한다. 감추기도 하고 드러내기도 하는 오묘한 배합이 비법 중의 비법일 것이다.

사람들도 곡선을 통해 미를 창조한다. 대표적인 것이 분재가 아닐까 싶다. 철사걸이로 줄기나 가지를 교정하고 곡을 넣어 원하는 수형을 만든다. 뒤틀린다는 것은 고난의 이력이고 운명의 수용이다. 무엇인들 아픔을 통하지 않고 꽃과 향을 피울 수 있으랴.

너나없이 고통을 멀리하고 편한 길을 원한다. 이내 욕구를 충족하고 싶어 한다. 목표를 향한 최단 경로는 직선이어서, 앞만 보고 내달린다. 이런 숨찬 달음질 속에서는 삶의 경이로움이나 아름다움을 느낄 여유가 없다. 때론 멈춰 숨을 고르고 좌우를 살피며 뒤를 돌아봐야 한다. 천천히 서둘라는 말이 묵직하게 다가온다.

나이가 든다는 것이 축복임을 종종 느낀다. 몸이 달리기를 거부하니까 마음도 느림을 구가한다. 굽이굽이 돌아온 길을 회상하며 미래로 시선을 보낸다. 감춰졌기에 들여다보고 싶은 충동과 욕망이 생겨나는 건 생의 활력소다. 어제와 똑같아 보이는 정원도 자세히 보면 끊임없이 변하고 있음을 확인할 수 있다. 새로 싹이 나오기도 하고 꽃을 피우기도 하며 새가 둥지를 틀기도 한다. 이렇듯 내 마음도 서서히 변하면서 몇 년 후면 많이 변했음을 실감하게 될 것이다.

미래를 정확히 예견할 수 없음이 외려 축복이지 싶다. 곡선으로 감춰진 시간이어서 전율하고 감사하게 된다. 그게 그거인 일상이긴

하지만, 내일은 내일의 태양이 뜨리라는 희망을 버릴 순 없다. 시나 수필을 쓰기도 하고, 손주들과 영상 통화를 나누는 것도 소소한 즐거움이다. 녹음의 나무들과 흘러가는 구름을 바라보는 것만으로도 마음이 충만해진다.

아름답게 늙는다는 것은 평화롭게 죽음을 맞는 일이 아닐까. 세월은 겸손을 배우게 하고 주어진 삶을 사랑하게 한다. 지금 눈을 감을지라도 아무런 원망 없이 신에게 감사할 수 있는 마음이기를 소망한다.

얼마 전 96세인 이모님이 양로원에서 눈을 감으셨다. 문상을 다녀오며 어머니께 말씀 드렸더니 "나는 언제면 갈 수 있을까?" 하신다. 준비해 둔 생각이 튀어나오듯, 직선의 말씀이 화살처럼 가슴에 박힌다. 자식들의 허기를 걱정하며 온갖 고생을 마다하지 않고, 주변 사람과 별 다툼 없이 살아오신 분, 내일을 밝힐 촛불이 얼마나 남았을까. 몇 해 전만 해도 같은 말씀이 곡선으로 들리기도 했었는데….

씨앗이 땅에서 싹트고 꽃 피우고 열매 맺고 다시 새 생명을 잉태하는 거시적 직선의 길에는 얼마나 많은 곡선의 경이로움이 함께하는가. 인생도 이와 유사하리.

내 마음을 직선으로 펴기에는 부끄러운 곳이 많다. 남들이 못 보도록 곡선으로 감추는 것은 아닐까 되묻곤 한다.

아름다움을 위해 마음을 구부리는 곳으로 봄빛이 스며든다.

(2017)

관심의 눈길로

서로를 보듬고

창공에 길을 내는

충만한 날갯짓

함께 날아야지, 높이 멀리

6부

하얀 그리움

그리움은 시간을 거스르며 탄생의 근원을 향하므로 늘
아득하다. 지나온 삶의 궤적이 가뭇없이 사윌 때 이삭 줍
듯 텅 빈 마음을 헤치며 기억의 파편들을 찾는다.

꽃의 순교

하얀 그리움

석화가 입을 열고

정원의 숨결

어디서 누군가

매정한 이별

겨울을 나며

어머님을 떠나보내다

함께 터벅터벅

교정에서 맺은

살아가라 하네

꽃의 순교

따스한 박수 소리와 함께 축하의 꽃다발을 건네받았다. 한 수필 동인에 가입하는 자리에서다.

네댓 종류 꽃들이 맑은 눈망울로 쳐다본다. 빨강, 노랑, 하양…. 영혼의 색깔들이 푸른 잎사귀와 섞여 조화롭다. 아는 이름 고작 둘, 장미와 안개꽃.

꽃병에 꽂아 탁자 위에 앉힐까 하다 벽걸이에 걸어 놓았다. 거꾸로 매달린 모습이 사도들의 수난 같다. 생명으로 믿음을 증언하는 거룩함. 서서히 물기가 마르면 영혼이 더욱 빛날지니.

물의 수혈을 받았더라면 며칠 화려함을 뽐내다, 기어이 낙하할 운명 아닌가. 그러면 쓰레기통에서 꽃잎과 잎사귀와 꼿꼿한 꽃대가 생의 기억을 더듬겠지. 절멸의 시간은 슬퍼 누군가의 기억 속에 피고자 두 손 모을 거다.

시간을 넘는 미라처럼, 바싹 말라도 스러짐 없이 벽에 기대어 벽을 넘으라고 말하리라, 죽어야 사는 섭리의 벽.

(2017)

하얀 그리움

밤하늘로 쏘아 올리는 저 광채들, 축제의 불꽃놀이가 아니다. 부모를 향한 그리움의 절규다.

바깥채에 유배된 수석 한 점을 본채 서실의 책상 위로 옮겨 놓았다. 어림잡아 높이가 6, 너비가 2, 두께가 1센티쯤밖에 안 되는 까만 모오리돌이다. 크기뿐만 아니라 피부가 아기의 맨살이다. 품에 안겨 엄마 눈을 바라보며 방싯방싯 웃을 나이에 이국으로 입양되다니. 수석 이름을 '하얀 그리움'이라 지었다.

십여 년 전 얼마 동안 수석에 심취한 적이 있었다. 주말이면 혼자 가까운 들이나 바닷가로 탐석을 다녔지만, 수석 열풍이 한참 지난 후여서 헛걸음만 치곤 했다. 인터넷을 통해 탐석하기로 방향을 돌렸다. 몇몇 가게를 들락거리며 문양석 위주로 여러 점 들여놓았다. 옥션 수석도 기웃거렸는데 멋진 수석을 만나면 경매에 용돈을 아낌없이 털어 넣기도 했다.

노랗게 물든 유채꽃, 눈을 맞는 겨울 나목, 봉긋이 피어나는 한 송이 장미, 힘차게 쏟아지는 폭포수들이 돌 표면에 그려지다니, 신의 손길 아니면 불가능한 일이다. 산과 골이 어우러진 산수경석, 누가 자연을 이토록 축소할 수 있을까. 눈길을 주다 보면 수석 속으로 빨려들며 많은 이야기를 듣는다.

어느 수석을 구매할 때인지는 기억이 나지 않으나, 단골이 된 인연으로 '하얀 그리움'을 덤으로 보내 주었다. 대만산이라면서 볼수록 정감이 갈 거라고 덧붙였다.

오석의 위쪽에는 하얀 별이 몇 개 떠 있고 아래쪽에서 중간 지점까지 흰 점들이 솟아올라 영락없는 불꽃놀이 광경이다. 그러함에도 입양아의 사연들과 겹쳐서인지 하늘을 향해 그리움을 절규하는 모습으로 다가온다.

지난 60년간 해외 입양아 수가 17만 명을 넘어섰다 한다. 얼마 전까지도 우리나라가 입양아 수출 1위였다니, 서글픔과 부끄러움이 밀물처럼 스민다. 산통을 이겨내며 세상에 생명을 탄생시킨 어미가 핏덩이와 헤어지는 마음은 어떠했을까. 모성애란 본능으로 여자는 약해도 어머니는 강하다 하거늘, 이보다 더 절박한 사연이 무엇이었을까.

유교에 뿌리를 두고 대를 이으려고 양자를 들이는 우리와는 달리, 자녀들이 있음에도 아이를 입양하여 키우는 외국인의 마음을 헤아려야 하지 않을까 한다. 핏줄에 얽매는 문화로는 박애 정신을 실천하는 문화를 담아낼 수 없을 것이다. 여러 아이 중에서 자신이 아니면 누가 데려가겠냐며 장애아를 선택하는 양모와 혹시 장애로 인해서 인연을 끊은 생모라면 극과 극을 걷는 사람의 마음일 것이다.

예시카 폴비에르는 스웨덴의 3선 국회의원으로 한국인 입양아다. 그녀는 태어나서 3개월쯤 되던 1971년 7월 신촌 파출소 앞에 버려진 채 울고 있었고, 보육원으로 넘겨져 김진달래라는 이름이 생겼다 한다. 어떤 인연이 작용했을까, 반년쯤 지나서 머나먼 이국으로 건네져 양부모의 사랑을 받으며 자랐다. 사회 문제에 관심이 많은 양부모는 '변화를 바란다면 정치에 참여하라'며 가족들끼리 자주 토론을 펼쳤다고 한다. 이런 영향을 받아서인지 그녀는 18세부터 어느 당의 청년조직에서 활동하다 35세에 국회의원에 당선된 후 정치인으로 활동하고 있다.

세계한인정치인포럼에 참석하기 위해 두 번째 우리나라를 방문하는 그녀는 친부모를 꼭 찾고 싶다고 했다. 엄마가 되니 엄마가 더욱 그리워진다는, 자신의 행복을 위해 많이 고민하고 행동했을 거라는, 그래서 원망하지 않는다는 그녀의 마음은 긍정의 삶에 피어나는 최상의 꽃이지 싶다. 엄마에게 '낳아 줘서 고맙다는, 스웨덴에 가서 행복하게 살아왔노라'는 말을 전하고 싶다니….

이와는 달리 많은 입양아는 낯선 사람들 속에서 정체성을 고민하며 이방인의 설움 같은 걸 심연에 쌓을 것이다. 무심코 흘러가는 구름 위로 근원에 대한 그리움을 전하기도 할 것이다. 다시는 생각하지 않는다고, 영원히 잊는다고 하면서도 끝내 못 잊어 한국으로 뿌리를 찾아 나서는 해외 입양인의 심정이 졸졸 마음속으로 흘러든다. 운 좋게 상봉이 이루어져 마음의 상처가 아문다면 얼마나 좋을까.

그리움은 시간을 거스르며 탄생의 근원을 향하므로 늘 아득하다. 지나온 삶의 궤적이 가뭇없이 사윌 때 이삭 줍듯 텅 빈 마음을 헤치며 기억의 파편들을 찾는다.

　내 품에 안긴 입양아, '하얀 그리움'에 애정의 눈길을 보낸다. 저 작은 모오리돌이 굽이굽이 계곡을 지나고 내게로 와서, 다시 돌아갈 수 없는 설움에 하얗게 절규하는가. 종국에는 그리움 하나 안고 떠날 인생.

(2017)

석화가 입을 열고

따스한 마음들이 징검다리를 오가는 모습은 정겹고 아름답다.

초저녁에 아내가 방에 있는 나를 부엌으로 불러낸다. 식탁 위에
는 불룩한 검정 비닐봉지가 놓여 있다.

"굴 좀 드셔 보세요. 저기서 먹을 때는 맛있었어요."

아내는 시골에서 조그만 슈퍼를 운영하는 셋째 처남의 일손을 돕
다가 석화를 한 봉지 들고 온 것이다. 처남 지인이 통영에서 택배로
보내 주었단다.

처남은 지금의 자리에서 조그만 구멍가게를 운영하며 결혼생활
을 시작했다. 오랜 세월 마을 사람들에게 갖가지 생필품을 제공하
며 성실히 살아온 까닭에 슈퍼라는 간판을 내걸 수 있었다. 근년엔
자동차로 5분 거리에 대형 마트가 문을 열었지만, 이윤만을 앞세우
지 않는 슈퍼 운영으로 주변 사람들 발길이 꾸준하다.

처남은 기꺼이 마음과 물질로 동기간을 도와준다. 늘 손을 폄으
로써 살갑게 따앗의 깊이를 키운다. 이런 성품으로 인해 낯선 사람
들과도 곧잘 인연을 맺는다. 관광객들이 지나다 잠깐 슈퍼에 들르

면 그들에게 친절을 베푼다. 지리를 자세히 안내하기도 하고, 먹거리도 서비스하며 제주의 인심을 보여 준다. 가는 정 오는 정이 한민족의 정서가 아니겠는가. 작은 인연이 크게 자란 경우도 더러 있다.

가을이면 무안 햅쌀이 몇 포대씩 택배로 부쳐 오고, 그러면 한 포대는 우리 집으로 건너온다. 강릉에서 햇밤이나 명태를 부쳐 오는 날이면 나의 입맛이 즐거워진다. 여행 온 한 할머니를 도와드렸더니 인연이 되어 해마다 보내 준다고 한다. 아들 중엔 판검사도 있다면서. 일전에는 포항에서 건너온 과메기가 우리 식탁에서 두 끼의 반찬이 되었다. 처남은 귤이나 옥돔 또는 흑돼지고기를 선물한다. 인정 나눔이다.

나는 도마 위에 몇 개의 석화를 올려놓고 부엌칼을 집어 들었다.

"여보, 칼 조심하세요. 열기가 무척 힘들어요."

"알았어요. 이것쯤이야…."

칼끝을 갖다 대며 여기저기 공격 지점을 찾아보았으나 녀석은 입을 꽉 다문 채 좀처럼 틈을 내보이지 않는다. 사나이의 자존심을 뭉갠다니. 나는 힘주어 여기저기를 들쑤시다 드디어 입을 벌리는 데 성공했다. 맑은 회색 속살이 드러난다. 얼른 굴을 입안으로 넣었더니 갯내음 스민 달금한 맛이 입안으로 가득 번진다.

인터넷을 뒤져도 석화를 여는 뾰족한 방법을 찾을 수 없다. 순전히 경험으로 익힌 노련함만이 비법일 듯하다. 나는 아내에게 열기가 힘들어 생굴을 포기하겠노라고 실토하니 쪄서 먹자고 한다.

생을 마감한 석화의 입은 조금씩 열려 있다. 손끝으로 약간만 힘을 주어도 껍데기가 딱 벌어진다. 온 힘으로 감추었던 속살이 죽음 앞에서 다 드러나는 것, 이승을 떠나는 생명체의 고해하는 자세 같다.

나의 삶을 되돌아본다. 손을 쥔 채 살아왔는가, 펴고 살아왔는가. 내 앞길만 생각하느라 주변에 눈길조차 보내지 못한 경우가 허다했다. 무에서 유를 일구느라 여유가 없었다는 말은 빈 메아리로 가슴을 지나며 미안함이 심연으로 흐른다.

정신보다 물질을 우선시하는 세태 속에서, 할아버지 할머니도 돈의 힘을 빌려야 손자 손녀를 볼 수 있다는 우스갯소리가 서글프게 들린다. 살기 위해서 버는가, 벌기 위해서 사는가를 깊이 생각하게 한다. 부족한 상황에서도 무재칠시無財七施라는 말을 떠올리며 이웃 간에 따뜻한 마음들이 교류되기를 빌어 본다.

재물을 움켜쥐느라 악력만 커 가는 세상에서는 소소한 나눔도 큰 활력소가 된다. 낯선 사람들이 보내 주는 먹거리가 처남댁을 거쳐 우리 집까지 찾아드는 걸 보며, 세상살이는 돌고 도는 원리임을 자각하게 된다. 나의 편안한 삶이 누군가의 도움에서 비롯된다는 자명한 사실에 고개를 숙인다.

설이 코앞으로 다가오고 있다. 나의 행복을 키워 주신 고마운 얼굴들을 떠올려 본다. 작은 선물이라도 마음을 담아 징검다리 건너로 보내야겠다.

양푼에 담긴 석화가 입을 벌려 저마다 일생을 토로하는 듯하다. 나의 마지막 말은 무엇이냐고 묻는 듯도 하다. 어떤 말을 준비해야 할까.

(2017)

정원의 숨결

무시로 정원을 거니노라면, 발밑으로 내 혈관이 흐르는 듯하다. 그간 손발의 노고가 수많은 생명을 길러, 푸른 웃음들이 손주처럼 품에 안긴다.

6년 전 단층 기와집이 자리한 시내 변두리로 이사했을 때, 대지는 온통 잡풀만 무성한 묵정밭이었다. 거주하기 위해 거친 야성을 내 모는 수밖에 없었다. 150평쯤 되는 빈터를 아름답게 가꾸기 위해, 머리는 쉬지 않고 돌아가는 기계처럼 움직였다.

기사의 손놀림을 따르는 작은 포클레인이 울퉁불퉁한 땅을 고르고 정원석 몇 개를 앉힘으로써, 나의 로망은 시작되었다. 20여 년 정성으로 가꾼 분재들을 놓기 위해 한 편에 보도블록을 깔고, 고추나 상추 따위를 심을 손바닥만 한 텃밭을 남기고, 나머지 땅에는 토종잔디를 깔았다.

일상 속에 오일장을 드나들며 갖가지 화초와 수목들도 들여놓았다. 장미, 목단, 작약, 프리지아, 자란, 새우란 등 식구가 많다. 철쭉, 영산홍, 진달래도 끼어들고 소나무, 단풍나무, 화살나무, 산딸나무들도 함께한다. 감, 대추, 사과, 자두, 석류나무 같은 과실수도 한두 그루씩 있다. 나도 모르게 소량 다종을 선호한 결과 개성파들을 만나는 즐거움이 새록새록 돋는다.

봄이 무르익은 요즘은 오감이 호사를 누린다. 무리 지어 피어난 진자주색 송죽엽은 부티 나는 귀부인을 떠올리고, 화분에서 피어난 하얀 백화등은 산들바람에 돌아가는 조그만 바람개비 같다. 자랑하듯 가슴을 펼쳐 놓은 빨간 장미와 선구자처럼 겹꽃으로 몇 송이 피어난 검붉은 접시꽃이 서로 농염을 겨루고, 꽃을 순방하는 하얀 나비 한 마리가 나의 시선을 끌고 다닌다.

울타리 따라 높게 자라난 삼나무와 까마귀쪽나무는 새들의 망루이고, 노래하는 공연장이며 사랑을 나누는 밀실이기도 하다. 울안으로 들어오려면 저들끼리 작전을 세운다. 거저 먹기가 미안해서 노래로 셈을 치르기도 하고, 음흉하게 스텔스기처럼 숨어들기도 한다. 노랗게 익어 가는 비파 열매와, 빨간 보석처럼 변해 가는 앵두가 그들의 요즘 탐내는 양식이다. 덩치 큰 애견을 위해 대야에 채워 놓은 물은 종종 새들의 식수원이 되고 욕탕 구실도 한다. 따지고 보니 나도 새들의 노래를 공으로 귀에 들이는 게 아니다.

화분에서 옹골지게 피워낸 쥐똥나무 꽃이나 브룬펠지어자스민도 짙은 향을 뿜지만, 나의 후각은 이내 절레절레 흔든다. 잠시만 맡아도 머리가 혼미하도록 취기가 돈다. 반면 금은화 앞에 서면 벌렁거리는 콧속으로 천상의 향처럼 스며든다. 온종일 맡아도 싫지 않을 소박하고 은은한 향기를 누가 만드는 걸까.

몇 년 전 딸기 모종 세 그루를 심었더니 그새 열 배 이상 후손을 늘렸다. 올해는 제법 많이 달려, 일주일 넘도록 미물들과 딸기를 상품으로 걸고 시소게임 중이다. 개미나 이름을 알 수 없는 곤충들의 동작이 만만찮다. 그놈들이 먹는 게 얼마나 되랴만 입질로 상하게 하는 것이 좀 아쉽다. 그들에겐 끼니일 테고, 내게는 주전부리에 지나지 않을 터이니 같은 의미로 무게를 다는 건 아니잖은가. 간혹 물을 주기는 했지만 내가 한 일이 뭐라고 주인 행세를 하겠는가. 서로 나누는 것이 마땅한 일이거늘.

열매는 종족 번식을 위해 탄생하지만, 사람들에게 눈맛, 손맛, 입맛을 전한다. 며칠 지나면 빨갛게 익은 보리수 열매가 치렁치렁 가지마다 매달려, 화려한 연예인 의상을 연출할 것이다. 개량종 보리수는 크기나 수량과 맛이 토종과는 비교가 안 될 만큼 향상되었다. 뜰 한구석에 자리한 보리수 앞에 설 때면, 들에서 만난 보리수 열매를 한 움큼 따서 입안에 넣고 몇 번 씹다가, 기대를 저버린 떫은맛으로 이내 퉤퉤 뱉어 버리던 어린 시절이 떠오르곤 한다.

정원은 흥미로운 학습장으로, 이곳엔 늘 자연이란 스승이 자리한다.

이사 오던 해 인부를 시켜 은행나무 세 그루를 밑동에서 잘라냈다. 집 뒷벽에서 2미터도 채 안 떨어진 곳에 터하여 지붕보다 높게 자라 있었다. 첫눈에도 여백을 송두리째 삼켜 버린 나무들이 질긴 끈으로 내 가슴을 꽁꽁 동여매듯 답답했다. 나무는 생을 포기하지 않고 이내 몇 개의 싹을 키워 올렸다. 이때부터 나와의 인연을 끊으려고 눈에 띄는 족족 싹을 분지르고 제초제 원액 뿌리기를 삼 년간 이어 갔다. 서서히 껍질과 몸통은 검게 변하며 썩어들고 알 수 없는 버섯들이 매달렸다. 이제는 세상의 명의라 해도 되살릴 수 없는 주검처럼 보였는데, 만 6년을 코앞에 두고 믿을 수 없는 일이 벌어졌다. 한 둥치 곁에서 새싹 하나가 올라오는 게 아닌가. 생의 근원을 도려내기 위해 떨리는 손으로 삽자루를 쥐었다. 거목을 베기 전에 위령제를 드리는 사람들 심정이 번개처럼 스쳤다. 생은 누가 명하는 것일까.

유실수들은 접목하는 경우가 많다. 생육이 왕성한 대목에 품질 좋은 접지를 결합하는 것이다. 몇 군데 심어 놓은 과수들이 한 몸으로 합쳐진 희미한 흔적을 볼 수 있다. 땅속 깊이 뿌리박고 키 작은 몸통에 입양아를 제 자식처럼 길러내는 사랑이 저리도 푸르게 하늘로 뻗는가.

먼나무는 암수딴그루로, 자연 상태에서는 대부분 수나무로 발아한다고 한다. 겨울철 빨간 열매로 매혹적인 정원수가 되기 위해서는 접목을 통해 암나무로 전환시킬 수밖에 없다. 접목 흔적이 뚜렷한 어린나무를 몇 년 키웠더니 가뭇없이 한 몸이 되었다. 일심동체를 이루는 큰 사랑법을 몸소 보이는 듯하다.

먼나무는 올해에도 볼품없는 꽃을 흐드러지게 피웠다. 크기가 작고 자방 부위는 연초록이며 꽃잎은 희끄무레하여 존재감이 없는데도, 여러 마리 벌들이 끊임없이 드나들고 있다. 타가수분을 위해 내가 알지 못하는 많은 먹거리를 마련했을지도 모른다. 먼나무의 꽃에서 신랑을 기다리는 새색시의 수줍음을 읽는다. 공생은 최고의 가치이며 아름다움일 것이다.

쪼그려 앉아 잔디에서 잡초를 뽑노라니 햇볕이 온몸을 감싼다. 기분 좋게 마음이 데워진다. 작은 정원이 우주로 통하며 간단없이 내 영혼을 성숙시킨다.

(2017)

어디서 누군가

오늘은 나의 영명축일, 가톨릭교회에 입문하여 내 영혼이 새롭게 태어난 날이다. 오래도록 별 의미 없이 지나치던 생일을 근년에야 뜻 깊게 맞으며 신앙생활을 되돌아보곤 한다.

아침부터 몇몇 교우들이 축하 메시지를 보내 주었다. 아름다운 꽃다발과 함께 하느님의 은총으로 영육의 건강을 기원하는 내용이 담겨 있다.

1986년 광양 성당에서 교리교육을 마쳐 갈 즈음 세례명을 짓도록 했다. 일반적으로 본받고자 하는 성인의 이름을 딴다. 예비 신자들에게 성인들이 소개된 얄팍한 책자를 돌려보면서 마음에 드는 성인을 고르게 했다. 나는 우리나라 최초 김대건 안드레아 신부님을 떠올리며 '안드레아'라는 이름을 택했다.

제대로 안내를 받지 못한 것이 탈 아닌 탈이었다. 김대건 신부님을 본받을 양이었으면 '대건 안드레아'라고 해야 하는데 그대로 '안드레아'로 정했으니 다른 성인을 택한 셈이 되고 말았다.

안드레아는 예수님의 부름에 따라, 갈릴리 호수에서 기꺼이 어망을 던져 버리고 사람 낚는 어부가 된 열두 사도 중의 한 분이다. 이 성인을 기념하는 날이 11월 30일이며, 그래서 나의 영명축일이기도 하다.

나는 신자라는 이름이 부끄럽게 오랫동안 성당으로의 발길을 끊기도 했었고, 건성으로 들락거리기도 했었다. 요즘에도 별반 다르지 않지만 가끔은 진지하게 신앙의 길을 헤아려 보곤 한다. 묵상하고 기도한다. 겨울의 길목으로 향하는 인생길에서 어디로 얼마쯤 가게 될까. 일체를 하느님께 맡길 수 있기를 빈다.

제주대 평생교육원에서 수필아카데미 강의를 듣는 도중에 스마트폰 진동음이 다가왔다. 책상 아래에서 폰을 펼쳐 보니 문자 메시지 하나가 도착해 있다.

'안녕하시죠 안드레아님! 영명일 진심으로 축하드립니다. 축복의 날 되시길 기도드립니다. 어머님도 안녕하시죠.'

웬만한 지인들의 스마트폰 번호는 저장되어 있다. 관계망이 넓지 않아 그 수가 많지도 않다. 그래서 카톡이나 문자 메시지가 건너올 때면 으레 발신자 이름이 먼저 뜬다. 그런데 이번엔 스마트폰 번호만 뚜렷이 찍혀 있을 뿐이다.

누구일까. 어떤 분일까. 깊어지는 궁금증에 생각을 펼쳐 봐도 도저히 감을 잡을 수가 없다. 어머니의 안부까지 묻고 있지 않은가. 상대는 나를 아는데 나는 상대를 모르다니. 이런 경우엔 말할 수 없는 미안함과 난처함이 온몸에서 일렁인다.

용기를 내어 문자로 답장을 보냈다.

'감사합니다. 좋은 시간 보내시길 두 손 모읍니다. 사실은 폰 번호가 입력이 안 되어 존함을 알려주시면 합니다. 거듭 감사드립니다.'

이내 답장이 왔다.

'성심영성센터 루시아 수녑니다.'

나도 즉답을 보내드렸다.

'아이고 수녀님, 죄송합니다. 지금 교육받는 중이어서 나중에 전화 올리겠습니다.'

루시아 수녀님은 올 3월에 교우 몇이 부산 금정구에 있는 예수성심전교수녀회로 피정 나갔을 때 만난 분이다. 성심영성센터를 책임지고 있었으며 나이가 지긋해 보였다. 첫인상이 고왔다. 보통 키에 다소 통통한 체구였으나 이목구비가 반듯했고, 얼굴엔 속세에 물들지 않고 맑은 영혼으로 살아온 내력이 고스란히 담긴 것 같았다.

수녀님은 신심을 돋우기 위한 몇 가지 프로그램을 운영해 주셨다. 사분사분 이야기를 주고받으며 속내 마음까지도 털어놓게 했다. 연륜이 쌓여서인지 처음 만나서도 낯설지 않게 거리를 좁히는 살가움을 느끼게 했다.

저녁 시간에 도착하여 하룻밤 지내고 이튿날 오전 느지막이 헤어졌다. 짧지만 긴 만남이었다.

종종 안부라도 나눌 생각이었으나 그러지 못하고 스마트폰 번호도 입력하지 못했다니 얼굴이 붉어진다. 뜨내기 같은 마음으로 살려는 건 아니었는데, 결과는 그런 꼴이 되고 말았다.

교육이 끝나자 수녀님께 전화를 드렸다. 예의 그 밝고 싹싹한 목소리로 응답하셨다. 오누이 같은 마음으로 얼마간 이야기를 나누다 통화를 마쳤다. 수녀님을 위하여 종종 기도를 드리겠다는 말과 함께.

짧은 문자 메시지 한 통이 이렇게 울림이 클 줄은 몰랐다. 이 세상 어디선가 알지 못하는 사람이 나를 위해 기도한다고 생각하면 얼마나 행복하고 힘이 나는 일인가. 릴케의 〈엄숙한 시간〉이란 시를 떠올려 본다.

지금 이 세상 어디선가 누군가 울고 있다./ 세상 속에서 까닭 없이 울고 있는 사람은 나를 위해 울고 있는 것이다. (중략) 이 세상 어디선가 누군가 죽어 가고 있다./ 세상 속에서 까닭 없이 죽어 가고 있는 그 사람은 나를 바라보고 있다.

인생의 종착역에서 내 사전에는 '허망하다'는 말이 지워지기를 기도한다. 이렇다 할 족적을 남기지도 못하고 치열하게 살지도 못하지만, 어디선가 나를 위해 기도하는 사람이 있음을 생각할 때 감히 허망하다는 말을 떠올려야 되겠는가. 용기를 내야겠다.

아침마다 세상 사람들을 위해 바치는 짧은 기도가 의식의 끝자락까지 이어지도록 하느님께 간구한다.

푸근하다.

(2018)

매정한 이별

우리의 삶은 만남과 헤어짐의 끝없는 연속이다.

사람은 물론 동식물과 주변의 무생물, 우주 공간까지도 그 대상이다. 더 나은 삶과 미래를 기약하며 만남을 선택하고 관계를 형성한다. 그러나 과거를 돌아보면 나의 의지의 결과라기보다는 운명의 흐름으로 다가서는 경우가 태반이다. 어느 시인의 노래처럼 바로지금 여기에서 인간으로 태어난 것 자체가 경이로움이며 운명적인것이 아닌가 싶다.

얼마 전 외진 산책길을 홀로 걸어가며 겪은 일이다. 얼핏 하얀 물체가 눈가를 스치는가 했더니 이내 뒷다리를 기어오르는 느낌이다. 화들짝 놀라 돌아보니 흰둥이 한 마리가 온몸을 흔들며 나의 품에 안기려는 듯 안달이다. 어린 강아지가 아니라 주변에서 흔히 볼 수있는 진돗개 잡종 암캐였다. 나이가 일 년은 족히 되어 보이는데 무슨 사연으로 처음 만난 나에게 온갖 반가움을 표현하는 것일까. 유기견으로 떠돌다 주인이 그리워진 것일까. 함께 가고 싶다는 흰둥이의 애절한 몸짓을 애써 외면하며 단호한 어조로 작별을 알렸다.

현실적인 선택이다.

나는 어릴 적부터 강아지를 무척 좋아했다. 마당에서 뛰노는 강아지들의 귀여운 모습이나 변함없이 꼬리치며 반기는 행동에 반해서다. 상황이 허락하면 강아지를 키우겠다는 생각이 마음 깊숙이 자리해 왔다. 그렇다고 가슴에 안고 다니거나 집 안에서 키우는 애완견을 선호하지는 않는다. 진돗개나 풍산개 또는 셰퍼드나 도베르만같이 카리스마가 넘치고 영리한 대형견을 키우고 싶었다.

몇 해 전 마당이 다소 넓은 전원주택으로 이사했다. 개를 키우려는 마음을 알렸더니 아내가 극구 반대한다. 배설물 처리와 털갈이 때 날리는 개털, 이런저런 뒤치다꺼리가 문제였다. 나는 모든 뒤처리를 약속하며 천성적으로 개를 싫어하는 아내를 기어이 설득했다.

오일장에 들러 두 달 정도 되는 진도견 수캉아지 두 마리를 사 왔다. 흰 강아지에겐 '백호', 황색 강아지에겐 '황구'라는 이름을 지었다.

'강아지로 태어나려면 나 같은 주인을 만나야 해. 너희들은 운이 참 좋았어.' 나는 속으로 천사의 마음을 전했다. 맛있는 사료뿐만 아니라 밤중에 달걀을 삶아 주기까지 하며 보살폈다. 묶어 키우는 것은 가혹한 속박이라 생각되어 마당에서 마음껏 뛰놀게 하니 둘 다 튼튼하게 잘 자랐다.

함께 생활한 지 십 개월이 지날 무렵 나는 매정하게 이들과 작별을 결심했다. 그리 큰 문제는 아니었으나 나의 기대에 못 미쳐서 이들을 처분하고 새로운 강아지를 들일 속셈이었다.

황구는 성품이 온순하고 풍채가 좋아서 멋진 신사를 연상시킨다. 낯선 사람에게도 점잖게 짖어대며 뒤로 물러서는 놈인데, 언제부터인지 자기 키 세 배쯤 되는 돌담을 넘어 뒷동산으로 외출하는 버릇이 생겼다. 제법 덩치가 커졌는데 밖에 나가서 문제를 일으키면 곤란한 일이다.

백호는 짖을 줄을 모른다. 낯선 사람에게도 꼬리치며 반기니 밥값도 못한다고 아내한테 구박받는 신세다. 아내는 이것을 기화로 강아지와의 인연을 끊고 싶어 한다. 놓아 키운 이놈들을 다시 묶어 키우기도 힘든 노릇이다. 그간 정성 들인 생각과 얼마 후에 닥칠 이들의 운명 생각에 몹시 안쓰러웠지만 나는 비정하게 개장수에게 팔아 버렸다.

아내는 다시는 개를 들이지 말자고 한다. 그러나 강아지가 없는 마당은 너무 허전하다. 헤어진 강아지들의 자리가 너무 커 보여서 나는 다시 아내를 설득했다. 이번이 마지막이라고. 정말 좋은 강아지를 구해 올 거라고.

성견이 되어 허술한 울타리를 지켜줄 수 있으면 충분하다. 주인한테는 유순하고 낯선 사람에게는 다소 사나우면 좋겠다. 한 애견센터에 전화로 문의했더니 대형견을 많이 보유하고 있다며 와서 구경하란다. 신이 난 어린이처럼 나는 즉시 차를 몰았다. 애견센터에 가까워지자 대형견들의 사납게 짖어대는 소리가 요란하다.

나는 주인과 만나 개에 대해 소소한 이야기들을 나눴다. 그러면서 4개월 된 아메리칸 아키다를 추천받았다. 앞가슴과 네 다리와 꼬리 끝쪽은 하얗고 나머지는 검은색이다. 부모견을 보니 덩치가 크고 인상이 좋아서 나는 망설임 없이 거금(?)을 내고 강아지를 차에 태웠다. 집으로 향하면서 즉흥적으로 '미키'라는 이름을 지어 주었다.

철창에 갇혀 자라던 미키는 마당에 풀어놓으니 개구쟁이가 따로 없다. 먹성만큼 체구도 커지면서 의젓한 성견으로 자랐다. 어찌 나에게는 순둥이만 만나는지 미키도 완전 순둥이다. 잘 짖지도 않을 뿐더러 낯선 사람을 보면 뒤물러서며 짖는다. 그 대신 분재나 마당의 흙을 파헤치지 않고 새들을 물어 죽이는 말썽 따위는 부리지 않는다. 그렇게 함께해온 지가 4년이 넘고 있다.

산책길에서 우연히 만난 흰둥이가 뒤따라오는 느낌이 들어 뒤돌아보니 아니나 다를까 일정한 거리를 두고 계속 따라오고 있다. 나는 야단치며 헤어지자는데 아랑곳하지 않는 이 녀석의 심산은 알수가 없다. 오십 미터, 백 미터, 오백 미터, 아니 이 녀석이 족히 2킬로를 따라오지 않는가. 단호한 조처를 할 수밖에 없다. 길가의 큰 나뭇가지를 집어 들고 후려칠 듯 겁을 주니 그제야 뒤로 몇 발짝 물러선다. 나는 쫓아갈 듯 더욱 겁을 주고 뒤돌아서 빠른 걸음을 재촉했다. 한참 후에 뒤돌아보니 멀리서 애처롭게 나를 바라보고 있다. 자리를 지키는 망부석처럼 움직임이 없다. 바람처럼 만나 바람처럼 헤어지는 마음인데도 참으로 아프다.

집에 돌아오니 미키가 반긴다. 함께 지내다 보니 이렇다 할 훈련 없이도 몇 마디 의사소통이 가능하다. 앉아, 왼손, 오른손, 따라와,

기다려, 물 먹어, 밥 먹어, 안 돼 등의 의미는 아는 듯하다. 아침에는 얼굴을 핥으려고 점프하며 인사한다. 애정 표현을 주고받을 수 있어서 반려동물이리라. 어떤 연유로 천수를 누리기 전에 미키와 헤어지게 된다면 다시는 개와의 인연을 영원히 끊을 것이다.

미키는 사랑스러운 가족으로 내 곁에 서 있다.

(2017)

겨울을 나며

싸늘한 바람이 마당 안을 이리저리 둘러보다 빠져나간다. 한 잎도 남기지 않고 떠나보낸 낙엽수들이 깨금발로 코앞의 입춘을 바라보고 있다. 삭막한 풍경이 마음에 스며들어 몽롱한 영혼을 깨운다.

겨울은 사계의 종착역이다. 인생의 저녁놀이다. 나이 들수록 지나온 삶을 반추하고 남은 시간을 헤아리게 된다. 어떻게 살아야 할까, 그냥 가끔 던지는 질문만으로도 휘어지는 삶을 곧추세운다.

여린 햇살에도 감사하며 생의 절정에 이른 나무들이 있다. 흰 장수매 분재가 꽃을 피워 새해를 축하하더니, 설중매도 하얀 웃음으로 설날을 기다린다. 흙덩이를 밀치고 세상으로 솟아오른 수선화도 몽우리를 재촉하고, 후레지아도 뒤질세라 푸른 잎새들을 촘촘하게 밀어 올린다. 비파나무는 가지마다 뭉텅이로 피어난 꽃이 이울더니 열매를 풍성히 잉태했다. 북풍한설도 마다치 않고 영그는 만삭의 꿈은 얼마나 아름다운가. 비운 듯 채우고 채운 듯 비워내는 자연의 조화는 또 어떻고.

겨울처럼 결핍과 허기로 포만하고 싶다. 허공의 여백을 푸르게
색칠하고 봄을 맞으려 한다.

(2019)

어머님을 떠나보내다

사람들 마음이 따스했다. 어머님을 떠나보낼 때, 그들은 그냥 다가와 무거운 짐을 덜며 태산 같은 걱정을 평지로 만들어 주었다. 세상이 각박한 것만은 아니었다.

하루가 별 탈 없이 지나는가 생각하는 어느 저녁 시간이었다. 아내의 스마트폰이 정적을 깨뜨렸다. 요양원에서 생활해 오신 어머니가 혈변이 심하여 서귀포의료원으로 실려 간다는 전갈이었다. 아내를 태우고 병원으로 향했다. 마음이 요동치기 시작했다. 언젠가는 마주칠 시간이라며 마음의 준비를 해왔지만, 어둠처럼 불안이 엄습했다.

응급실 침대에 누워 있는 어머니를 만났다. 눈을 감은 채 여러 줄의 링거 주사를 손등으로 받아들이고 있었다. 말씀을 잃어버린 지는 이미 여러 달째다. 귀에 대고 큰소리로 몇 마디 하면 살며시 숨소리 같은 미동이 얼굴을 스치곤 했었다.

젊은 의사는 검은 변으로 보아 위에 문제가 있는 것 같다고 말했다. 입속으로 길게 호스를 들이밀었다. 아아, 가냘픈 소리로 신음하며 어머니는 고통을 표출하셨다. 커다란 주사기로 알 수 없는 액체를 주입하여 호스 속으로 밀어 넣고 빼내기를 여러 차례 반복했다. 시티 촬영도 이뤄졌다.

의사는 난감한 표정으로 소견을 말했다. 위암으로 출혈이 생기는 것 같다며 혈액 응고제를 써야 하지만, 폐정맥이 막혀 엉긴 피를 녹이는 용해제를 써야 하는 상충하는 어려움에 놓였다는 것이다. 최선을 다하겠지만 오래 가지 못할 수도 있다는 말에 덜컥 겁이 났다. 내일이라도 문제가 생길 수 있다는 암시가 전신으로 흘렀다. 하느님 며칠만이라도 하며 나는 속으로 되뇌었다. 자정이 되어 어머니가 중환자실로 옮겨지는 걸 보고 우리는 집이 있는 제주시로 돌아왔다.

날이 밝자 여기저기 흩어져 사는 동생들에게 상황을 알렸다. 그러고는 아내와 함께 시골집으로 갔다. 어머니가 환자복을 벗을 경우, 갈아입힐 옷과 신발을 찾아 들고 병원으로 달렸다. 어머니는 다소 거친 숨소리로 간밤의 시간을 버티셨다. 중환자실은 아침저녁 면회시간이 정해져 있어 마냥 곁에 있을 수도 없었다. 다시 제주시로 향하면서 만일의 상황에 대비하기 시작했다. 성당에서 장례예식을 치르려고 생각했지만, 가톨릭 신자는 우리 내외와 바로 아래의 제수뿐이어서 다소 망설임이 일었다. 친족들은 거의 유교식으로 장례를 치르지만, 마음먹었던 대로 하느님의 자비를 청하기로 했다.

저녁이 되자 병원으로 오라는 연락이 왔다. 임종을 지키라는 말인가 하여 가슴이 쿵쾅거리며 마음이 흔들렸다. 의사는 어머니가 연로하셔서 상태가 나빠져도 연명치료를 하지 않는 것이 어떠냐며 보호자인 나의 의사를 물었다. 잠시 무거운 침묵이 흘렀다. 나는 의사가 내미는 용지에 말없이 서명했다. 95세가 아니라 950년을 산다고 해도 더 오래 살기를 바라는 것이 자식의 마음이겠지만, 때가 되면 이승을 떠나야 하는 것이 인간에게 주어진 운명임에랴.

다시 집을 향해 차를 몰았다. 심신이 좀 피곤함을 느끼며 일찍 잠자리에 들었다. 자정을 넘어서는 시각에 어머니가 위중하다는 전화가 왔다. 이제 영영 이별의 시간이 다가오는 것인가. 아내를 태우고 마음을 달래며 운전대를 잡았다. 밤의 시간이다. 깊은 어둠 속으로 온갖 소리가 잠들고 있었다. 내일을 보장받은 생명체는 달콤한 꿈속을 지나고 있을 것이다. 어머니는 지금 어떤 꿈을 꾸고 계실까.

중환자실에 들어섰다. 거칠었던 어머니의 숨소리는 현저히 부드러워지고 약해지고 가늘어져 있었다. 허락된 시간이 지나자 밖으로 나왔다. 우리는 복도의 의자에 석고상처럼 앉았다. 난방기가 돌고 있었지만, 한기가 틈새를 파고들었다. 올해 들어 워낙 추위를 타는 나에게 아내가 외투를 벗어 주었다.

어머니의 생애가 영화 장면처럼 뇌리를 지나갔다. 인고의 세월을 묵묵히 견뎌내신 분, 6남 2녀를 낳아주신 분, 젊은 시절 바다로 몸을 던져 자맥질로 미역을 따신 분, 온종일 밭농사에 땀 흘리신 분, 감귤원에서 허술한 차림을 아랑곳하지 않고 농약을 치신 분, 무학이 서러워 자녀 교육에 온 힘을 쏟으신 분, 찾아뵐 때마다 자녀에게 달걀을 삶아 주신 분 ….

자녀에게 죄다 내어 주고 멀리서 올망졸망 살아가는 모습을 바라보며 고달픈 생을 다소라도 자위하셨을까. 눈가가 젖어 왔다. 사실 어머니가 요양원에서 지낸 일 년 반 동안 나는 울음과 많이 친숙해졌다. 혼자 어머니를 생각할 때면 수도꼭지 틀듯 눈물샘이 터져 버렸다. 눈물의 양으로 불효를 탕감 받는다면 그럴 수 있을 만큼이나, 영원히 헤어지면 다시는 안 울리라 다짐하면서 후련하도록 소리 내어 울기도 했다.

날이 밝았다. 어머니의 모습에는 별 이상이 없어 보였다. 도로 발길을 돌렸다. 집에 도착하여 종형님께 간밤의 상황을 말씀드렸다. 형수님과 함께 병원을 방문하겠노라고 하셨다. 우리는 대전에서 내려오는 동생네를 맞이하여 간단히 점심을 때우고 병원으로 나설 준비를 하는데 종형님한테서 전화가 왔다. 어머니의 마지막 시간이 다가오는 것 같다는 내용이었다.

아내와 동생네를 태우고 가속기를 밟았다. 아무도 말이 없었다. 자동차 안은 침묵의 밀도만 높아 갔다. 뇌리에서만 수만 가지 생각들을 떠올리고 있을 것이다. 비상등을 켰다. 깜빡깜빡 다급해진 내 마음을 대변했다. 편도 1차로에서 앞서 달리던 몇몇 자동차는 길섶으로 차를 대며 길을 양보해 주었다. 아마도 비슷한 경험의 반사작용일 테다. 경험에 앞설 스승이 누구일까.

어머니는 중환자실과 이웃한 방 침대에 누워 계셨다. 13시 32분에 모든 소리를 거두셨다고 한다. 10분만 빨리 왔더라면 …. 평온한 어머니의 얼굴이 외려 우리를 위로하시는 듯했다. 오만 가지 감정을 추스르며 냉정의 깃발을 들어야 했다. 먼저 우리가 다니는 화북 성당의 위령회장에게 전화를 걸어 장례 절차를 밟아 주도록 요청했다. 그때부터 위령회에서는 자기 일처럼 손발을 맞춰 가며 움직여 주었다. 허둥대던 마음이 다소 안정되었다.

저녁이 되자 연도실에 빈소가 설치되었다. 하얀 국화에 둘러싸인 어머니의 얼굴 사진이 살아 숨 쉬는 듯했다. 혈육이 모이고 친족들도 찾아왔다. 조화도 하나둘 도착하며 입구에 도열했다. 상제들은 베 상복을 입고 두건을 쓰고 딸과 며느리는 베 저고리와 치마를 입고 굴건을 썼다. 친족에게도 두건을 나눠드렸다. 대부분 성당이 낯선 사람들이라 재래식 풍습으로 다소라도 안도감을 전하려는 배려에서였다. 위령회에서 염을 하고 입관식을 주도하였다. 상제들은 안내하는 대로 따르면 되었다. 상주인 나는 특별히 신경 쓸 일이 별로 없었다. 오후에는 시골의 처남네가 팥죽을 쑤고 실어 왔다. 요즘 사라지는 풍습을 되살린 마음이 참으로 고마웠다.

다음날은 일포일, 조문객을 맞는 날이다. 신문에 부고를 내지 않았지만, 입소문이 돌았는지 문상객이 이어지며 쓸쓸함을 몰아내었다. 교우들도 무리를 지어 간간이 연도를 바쳤다. 육지에서도 친족이 찾아오고, 동생들이 직장에서 인연을 맺은 사람들도 멀리서 문상을 왔다. 필리핀에서 날아온 조카딸의 마음도 꽤 성숙해 있었다. 허리 펼 시간도 없이 음식을 준비하고 나르는 사람들이 고마웠다. 아내의 지인들도 아침부터 일손을 거들어 주었다.

하루해가 밝아 토요일을 열었다. 발인일이다. 9시 30분에 장례미사가 거행되었다. 예상보다 많은 교우가 참석하고 성가대의 노랫소리가 가슴을 젖게 했다. 주임신부님은 절차에 따라 성수를 뿌리고 기도를 드리며 어머니의 영혼을 하느님께 맡기셨다. 나도 두 손을 모은 채 어머니의 영혼에 자비를 베풀어 주시도록 하느님께 간구했다. 지난해 4월에 어머니는 94세의 아이가 되어 '사비나'라는 이름으로 유아세례를 받도록 해드린 건 이 순간을 위함이었다.

장의차는 수망리 친족 공동묘지로 향했다. 비가 올까 우려하던 날씨는 비켜서고 겨울답지 않게 포근했다. 어머니의 유택은 선친의 무덤과 이웃하여 마련되었다. 기도와 성가 속에 하관식이 거행되었다. 참례한 사람마다 땅속에 안치된 관 위로 국화 한 송이씩 내려놓았다. 어머니의 육신이 영원히 자연으로 돌아간다니 울컥 속울음이 일었다. 일꾼들은 흙을 덮으며 봉분을 만들었다. 고운 떼로 옷을 입히니 주변 30여 기의 봉분 중에서 가장 젊은 봉분, 새색시처럼 깔끔한 모습이었다. 두 봉분 사이에 비석을 세웠다. 집사는 상제와 친족들에게 술잔을 드릴 기회도 마련했다. 마침 기도로 장례식은 끝이 났다.

어머니의 아들딸, 며느리와 사위, 손자와 손녀, 증손자와 증손녀도 모두 마지막 길을 정중히 배웅해 준 여러분께 큰절로 고마움을 전했다.

친족들이야 그렇다 하더라도 장지까지 찾아 주신 얼굴도 낯선 교우들이 고맙고, 바쁜 일정을 취소하며 자리를 지켜주신 동보 선생님과 문우들 마음도 색 바래지 않게 간직하고 싶다. 눈길 한 번 마주한 적이 없는 사람들로부터 도움을 받는다는 건 놀라운 인연이요 신비다. 외롭고 쓸쓸하고 슬프기만 한 건 아니었다. 삼 일간의 포근한 마음들이 쌓여 높다란 생의 이정표를 세워주었다. 별 아쉬움 없이 순조롭게 장례를 치른 건 하느님의 자비와 어머님의 은덕이지 싶다.

75세에 뇌경색으로 우리 곁을 떠난 선친은 23년 만에 만나는 당신의 배우와 서로 무슨 말을 나누실까.

부모님, 저희는 열심히 살아가겠습니다. 염려 마시고 평안히 잠드소서.

돌아서는 발길 위로 가는 빗방울이 떨어지기 시작했다.

(2019)

함께 터벅터벅

　사람들은 석양 노을처럼 아름답게 늙어 가기를 바란다. 무병장수를 갈망하지만, 뜻대로 안 되는 게 인생이다. 끝자락에서 스퍼트하는 마라토너처럼 살 수 있으면 얼마나 좋을까.

　칠십 대 중반의 한 지인은 노인회에 나가면 커피 당번을 하노라 했다. 육촌 할머니는 올해 건강하게 100세를 맞으셨다. 120세까지 살 수 있다는 말이 성큼 다가선 모양새다. 문제는 오래 사는 게 아니라 할 일, 하고 싶은 일을 하면서 건강하게 사는 것이다. 갓 고희를 넘어서며 나는 콜록거리고 있다.

　봄철이면 꽃가루 알레르기로 진저리나게 기침을 한다. 입을 열면 쏟아지는 기침 때문에 말을 못 할 정도다. 그 답답함이란 벙어리 냉가슴을 앞지른다. 다행히도 면역력이 좋아졌는지 요 몇 년 동안은 무사히 봄철을 넘겼었다. 그런데 냉기로도 알레르기가 생기는 걸까, 지난달부터 기침으로 입을 봉해야 하는 서글픔을 맛보고 있다.

　처음에는 감기 증상인가 하여 동네 내과의원을 찾았다. 며칠간의 약 처방으로는 달라지지 않았다. 의사마다 나름의 비법이 있으리란 믿음으로 가정의학과를 찾았다. 이번에도 효과가 없었다. 종합병원의 소화기내과를 찾아갔다. 2주 치의 약을 먹고 낫지 않으면 정밀 검사를 하자고 했다. 복용에 대한 기대가 허물어졌다. 마지막 심정으로 이비인후과를 찾았다. 삼 일간 복용하니 차도를 느낄 수 있었다. 다시 5일 치의 약을 처방받고 완치되기를 고대하는 중이다. 다양성이 생존의 원리이듯이, 병은 자랑하라는 말이 실감 났다.

딸에게서 소식을 들었는지 육지의 사돈이 일회용 비닐에 담긴 도라지즙을 한 상자 보내 주었다. 아내도 속이 타는지 홍삼 즙을 구매하여 마시게 한다. 어제 처형은 꿀에 섞은 계핏가루를 한 병 보내왔다. 면역력을 증진하고 염증을 치료하며 혈당 조절에도 도움을 준다고 한다. 염려하는 마음들이 좋은 약일 것이다.

계핏가루를 한 술가량 따뜻한 물에 타서 한 컵 마셨다. 머리끝에서 발끝까지 찌르르 전율이 흘렀다. 효능의 신호인지도 모른다. 얼마 후 머리가 히여뜩하기 시작했다. 저혈당 증세가 생긴 것이다. 얼른 혈당을 체크해 보니, 아니나 다를까 48mg/dL이었다. "초콜릿, 초콜릿." 하며 아내에게 소리쳤다. 혈당을 높이려면 단 것을 서둘러 섭취해야만 한다.

혈당이 낮아지면 뇌혈이 영양을 제대로 공급받지 못해 식은땀이 나고 어지러우며 점점 의식을 잃게 된다. 심하면 쇼크로 사망에 이른다고 한다. 당뇨병과 벗한 지가 10여 년이다. 몇 번의 경험으로 저혈당 증세는 감지할 수 있지만, 그로 인해 뇌세포가 많이 손상된 건 아닐까 생각할 때가 있다. 저하되는 의식의 기능을 멍하니 바라볼 때면 무심결 초라해진다.

자신을 한심스럽게 여기게 되는 경우가 어디 한두 번이랴. 내가 사용한 물건을 어디 놔두고 찾지 못해 걸핏하면 아내를 부른다. 전등을 끄고 다니라는 말을 곧잘 잊어먹는다. 고구마를 삶다가 솥을 태우기도 하고, 달력에 기록한 일과를 스쳐버려 버스 지난 후에 손을 드는 경험을 하기도 한다. 쓸 만큼 써 꺼져 가는 형광등처럼 의식이 깜박이는 것인가. 추레한 의식의 몰골이라니.

며칠 전 아내는 대낮이 되도록 별채 현관의 형광등을 끄지 않았다고 타박했다. 맨송맨송 겉도는 말이 오갔다.

"뇌세포가 많이 파괴되어서 그래요."

"그러면 죽어라."

"나도 그러고 싶어요."

이런 대화라도 나눌 상대가 있어야 외로운 노년의 길을 터벅터벅 걸을 수 있을 것이다. 밤 10시를 넘기고도 본채로 오지 않으면 아내는 별채로 오거나 전화로 확인한다. 혹시 책상 앞에서 잠들거나 무슨 일이 생겼나 걱정해서다.

아내도 세월 따라 여기저기 아프다는 소리가 늘고 있다. 옛날부터 머리 아프다는 말엔 귀가 절어서 메아리가 없지만, 위가 아프다는 말에는 가슴이 덜컹거린다. 집안 대소사를 떠맡느라 위장인들 편안할 날이 있었겠는가. 엊그제부터 감기인 듯하다며 아침 늦도록 잠자리를 지킨다. 이런 날엔 내 시선을 이불 삼아 덮어 준다.

남자에게 결혼은 엄마가 시키는 대로 하다가 부인이 시키는 대로 하는 것이란 우스갯소리가 있다. 살아 보니 별반 틀리지 않은 말이다. 남편이 가옥을 짓는다면 아내는 가정을 꾸리는 게 전통적인 흐름이었다. 젊은 부부들은 외장과 내장 구분 없이 넘나드는 추세다. 역할의 경계가 허물어지니 여성의 목소리가 커지는 건 당연하다. 남자들이여, 아내 말 들어 손해 보는 일은 별로 없으리니 크게 걱정하지 마시라.

오늘은 아내가 머리를 염색해 주었다. 고혈압과 당뇨약을 타러 한 달에 한 번 병원을 들락거릴 때면 웬 주기가 이렇게 빠른가 생각하는데, 머리 염색의 주기는 더 빠르다. 10여 년 염료 냄새를 맡으면서 짜증나고 싫을 때가 왜 없었을까.

부부가 해로하는 힘, 그건 아무래도 쫀득한 정인 성싶다. 사랑이 활화산 같은 거라면, 한국인의 정서를 대변하는 정은 따스하게 지펴 오는 군불일 것이다.

참나무 잉걸이고 싶은 날이다.

(2019)

교정에서 맺은

　오랜만의 만남을 시샘하듯 냉기 품은 바람이 제법 거세다.

　추억의 길을 지나다 어디쯤에서 문득 나를 떠올렸을 테다. 20여 일 전, 졸업하고 33년이 지난 여고 제자가 전화를 걸어왔다. 몇이 가파도 청보리 축제를 보러 함께 가자고 했다. 흔쾌히 제안을 받아들였다. 봄 햇살처럼 맑고 청순한 소녀들이 지천명의 고개를 넘었으니 어떻게 변했을까 궁금했다. 아울러 바람에 일렁이는 청보리 물결 속에서 어린 시절을 되살리고도 싶었다.

　약속한 3월 마지막 날, 8개 반에서 한두 명씩 참여하여 15명의 제자가 모였다. 내가 담임했던 1반에선 4명이 왔다. 엊그제 앨범을 펼치며 얼굴들을 훑어보았는데도, 서넛을 빼곤 알아볼 수가 없다. 세월의 강이 아득히 흘렀으니 도리 없는 일이다. 그새 가정을 꾸리고 자녀를 낳아 기르느라 허리가 휠 시절이지만, 밝은 인상으로 보아 넉넉하게 삶을 품는 듯하여 반갑고 기쁘다. 기념으로 동인 수필집을 한 권씩 건넸더니, 잘 읽겠다며 사인도 해달란다. 일상을 알리며 올해는 첫 수필집을 낼 계획이라 했더니 힘차게 응원의 박수를 보낸다.

날씨가 야속하다. 아직도 잠든 꽃망울들을 흔들어 깨우려는 듯,
된바람이 몰려다니며 가파도 뱃길까지 가로막는다. 하릴없이 일정
을 바꿔 콤비버스를 타고 몇 군데 역사의 자취를 둘러보기로 한다.

질토래비* 이사장 M도 동행했다. 그는 이들을 함께 가르쳤던 동
료 교사이며 문우다. 그는 제주의 역사에 조예가 깊어 마이크를 잡
고 쉼 없이 해설하느라 숨이 찰 지경이다.

맨 먼저 의녀 홍윤애의 묘역에 들렀다. 들녘에서 흔히 볼 수 있는
평범한 무덤이지만 비문에 담긴 애틋한 순애보가 사랑의 물결을 일
렁이게 한다. 이곳으로 유배 온 조정철에게 시중들다 사랑을 나누
고 딸을 낳았지만, 조정철의 정적인 김시구가 목사로 부임하여 그
를 죽일 양으로 홍윤애를 가혹하게 문초하였다. 하지만 그녀는 연
인을 살리려고 끝내 형틀에서 순절해 스무 살의 생애를 마감하였으
니 어찌 그녀의 마음을 기리지 않을 수 있으랴. 후에 조정철은 사면
복권되어 제주 목사로 부임하니, 먼저 홍윤애를 의녀로 칭하고 무
덤을 단장하고 비문을 세웠다고 한다. 그뿐이랴, 조정철은 독신으
로 오직 정인을 기리며 살았으니 신분을 넘어선 사랑의 밀어가 아
직도 애틋하게 들리는 듯하다.

다음은 4·3으로 잃어버린 마을 무등이왓을 둘러보았다. 돌담을
따라 자라난 이대가 그 당시 사람들이 겪은 통한을 풀어 놓는 듯하
다. 실타래처럼 얽혀 아직도 정명을 갖지 못한 4·3은 화해와 상생의
중요성을 일깨우며 71년의 세월을 유유히 흘러왔다. 무장대를 진압

하는 과정에서 무고한 양민들이 많이 희생되었다는 걸 부인하는 사람은 없다. 피해자와 유족들에게 마땅히 보상하고 억울함을 풀어주어야 한다. 그렇더라도 남로당 무장대와 그 동조자들이 지서를 습격하고 학교와 민가를 불태우고 민간인까지 죽인 행위도 그때 그 장소에 있었음을 망각해선 안 된다. 역사란 사실을 기록하고 거기서 참된 교훈을 얻어야 한다. 자신의 이념에 유리하게 해석하고 덧칠하려 든다면 모두가 손잡고 미래로 나아갈 수는 없을 것이다.

횃불과 연기를 이용하여 급한 소식을 전하던 대포연대에 들러 잠시 푸른 바다를 바라보았다. 멀리서 가파도가 다시 오라며 손짓한다. 그 섬에 들르지 못한 아쉬움을 삭이며 천제연으로 향했다. 1단 폭포의 소沼는 선녀들이 미역 감고 놀다 갔을 만큼 맑고 짙푸르다. 울창한 난대림 사이로 탐방로가 이어지고, 대정군수를 지낸 채구석의 주도로 만들었다는 관개수로에도 눈길을 보내며 걸음을 옮긴다.

제자들은 풍광이 좋은 곳마다 스마트폰으로 사진 찍기에 바쁘다. 학창시절로 돌아간 듯 나를 주인공으로 가운데 세우고 팔짱을 끼며 애교를 부리거나 조그만 이야기에도 까르르 웃음을 터뜨린다. 감성 폭탄을 맞는 기분이 풍선처럼 부푼다. 나도 그때는 한창 젊었었는데….

맛있게 점심을 먹고 제주시로 향했다. 버스 안에서 한 제자가 옛일을 털어놓는다. 대입 원서를 쓰려고 상담을 할 때였단다. 사학과에 가고 싶다고 말씀드리니 그 학과 나와 제주에서 무엇 하며 살겠느냐며 만류했다고 한다. 가족들과 다시 상의한 후 일어일문학과를 택하겠다고 하니 괜찮다며 원서를 쓰도록 했다지 않은가. 그 덕분에 밥 굶지 않고 지금도 일본인 관광객 가이드로 일한다며 웃어대니, 모두가 따라서 폭소를 터뜨린다. 내겐 기억 밖의 일이지만 제자에겐 잊을 수 없는 시간이었을 테다. 설익게 지도한 건 아닌지 돌아보려니 얼굴이 화끈거린다. 말 한마디가 일생을 좌우한다는 걸 절감하며 제대로 미래의 길을 안내했어야 했는데.

즐거운 하루를 만들어 준 제자들에게 고마움을 전하며 다시 만날 기약을 한다.

교정에서 맺은 인연들이 하늘빛으로 스민다.

(2019)

* '길 안내자'를 뜻하는 제주어

살아가라 하네

"여보, 희로애락이 내게서 모두 떠난 모양이오."

무심결 튀어나온 말에 어떤 느낌이며, 왜 그런 거 같냐고 아내는 꼬치꼬치 캐묻는다. 명확하게 설명할 수가 없다. 내 의식이 그렇게 해석하고 있을 뿐이다. 수양한 결과 초연해진 마음이라면 얼마나 좋을까만, 평범한 삶을 추구하려는 내게는 재앙으로 다가온다.

지난겨울엔 추위를 많이 탔다. 여러 달 내의를 착용하면서 나이 들수록 불편한 일이 한둘이 아님을 실감한다. 추위에는 약하나 더위는 잘 견디는 체질이어서 얼른 봄이 오기를 기다렸다. 날이 따뜻해지면 몸 상태가 좋아지던 예년과는 상황이 달랐다. 여름에 접어들면서 불청객이 내 몸에 들어앉았음을 깨달았다. 다리가 유독 시린 것이다.

아내는 한약방에 들러 증상을 이야기하고 기력을 돋우는 약을 한 달 치 지어 왔다. 마침 삼차신경통 증세가 나타나 걱정하던 차에 이틀을 복용하니 증세가 단박에 가셨다. 특효약처럼 신봉하며 몇 주째 복용해도 하지의 냉기는 사라지지 않는다. 침술 하는 지인이 혈액순환에 문제가 있다며 가는 침을 놓으라고 조언한다. 혈당을 재려고 사용하는 채혈침으로 날마다 다리의 이곳저곳을 찔러댔다. 어느 곳에서는 검붉은 피가 몽우리처럼 솟아나기도 했다. 일주일쯤 지나니 피가 났던 곳곳에 붉은 반점들이 들어서며 피부염에 걸린 꼴이 되고 말았다. 아내는 어리석은 짓을 하지 말라며 공중목욕탕에 가긴 글렀다고 못을 박는다.

당뇨약과 고혈압약을 처방 받으러 병원을 찾았을 때 다리의 문제를 말했더니 의사는 대수롭지 않게 여겨 약을 하나 더 처방해 주었다. 다발성 신경병증 치료제이다. 당뇨로 인해 말초신경에 이상이 생겨 감각이 저하된 상태인 것 같다. 덥고 추움을 제대로 느낄 수 없다면 환경에 제대로 적응하기란 어려운 일이 아닌가. 더워서 에어컨을 틀면 두 팔은 박수를 보내는데 두 다리는 양말을 신기라고 생난리를 부린다.

몸과 더불어 정신도 많이 피폐해진 것 같다. 주의력결핍 과잉행동장애에 걸린 듯 서재와 마당을 들락거리며 여름 한철을 거의 보내고 있다. 차분히 책을 읽거나 글을 쓸 수가 없다. 불잉걸이 쏟아지는 마당을 서성이며 숯덩이처럼 타 버리고 싶은 생각에 젖노라면 주변 풍경이 새롭게 다가온다. 정성으로 보살피던 초목들이 힘을 내라고 응원을 한다. 저들인들 삶이 수월할까만 묵묵히 살아가는 모습이 아름답다.

서너 그루 감나무가 비가 오고 나면 낙과하며 자신의 체력을 가늠하더니 올망졸망 열매를 튼실히 키우고 있다. 올봄에 심은 무화과나무도 활력을 자랑하며 잎겨드랑이마다 봉긋봉긋 열매를 달고 있다. 가만히 열매를 바라보노라면 엄마 젖을 문 아기처럼 모정의 풍경을 그리게 된다. 땅속에서 분주히 땀을 흘리는 뿌리의 노고는 드러나지 않는다. 사람은 자식을 두어서야 비로소 어머니를 부르며 흔들리는 뿌리가 된다.

배롱나무꽃이 연일 허공에 불을 밝히고 있다. 누구를 위해 가지마다 소신공양을 하는 걸까. 아니면 무슨 죄를 지어 자신을 태우며 정화하는 걸까. 행복한 순간이라며 신앙을 증언하는 건 아닐까. 눈길을 보낼 때마다 본능을 밀쳐내고 의지로 살아가는 수도자 모습이다.

텃밭에서 만만한 상대는 호박넝쿨이다. 짓밟아도 한마디 대꾸도 없이 씩 웃을 것만 같은 인상이다. 호박에 관심을 갖게 된 건 암을 예방하는 데 호박이 좋다는 방송을 들은 탓도 있지만, 씨앗을 유전자 조작으로 당년에 한해서만 열매를 맺게 한다는 말에 분노를 느껴서이다. 삼 년 전 마르지 않게 물을 주며 암꽃에 가루받이를 시켜 관리했는데도 툭툭 떨어져 버린 조그만 열매는 사람을 얼마나 허망하게 했던가.

어릴 적 초가지붕에서 황갈색으로 익던 맷돌 호박의 본성을 찾아주고 싶다. 제대로 수분을 하지 못한 결과인지 몇 개는 열매가 떨어져 버렸지만, 네댓 개는 주먹보다 크게 자랐다. 앞으로도 더 달리고 계절을 담으며 몸피를 불릴 것이다. 수시로 열매에 눈을 맞추며 생명의 신비를 어림해 볼 생각이다.

한번은 볕바라기를 끝내고 서재로 향하다 걸음을 멈췄다. 지난해 처음 보았던 벌레 하나가 방충망에 붙어 있지 않은가. 머리, 가슴, 배 세 부분으로 나뉘며 다리가 여섯 개라는 일반적인 곤충의 정의가 쉽게 연상되지 않는 기이한 모습이다. 몸의 길이는 10센티 정도이고 빨대처럼 굵기가 비슷하며 갈색이다. 머리에 길게 돋아난 게 발이 아니라 촉수라면 다리는 네 개뿐이다. 만약 발이라면 머리에 발을 가진 셈이니 기이한 게 아닌가. 겨우 알아낸 이름은 '대벌레'이다.

지푸라기로 살짝 건드렸더니 바닥으로 이내 떨어지곤 다리 마디를 접으며 움직이지 않는다. 죽은 체를 하여 위기를 모면하려는 술책이다. 한참 바라보아도 움직임이 없다. 인내심이 대단하다. 다시 건드렸더니 긴 다리를 쭉쭉 뻗으며 달아난다. 얼마 안 가서 햇볕을 즐기려는 듯 다시 시멘트 바닥에 몸을 붙인다. 이리저리 거닐며 살피는데도 꼼짝 않는다. 오 분이 족히 넘었다. 나의 인내심이 바닥이 났다. 벌레이기에 삶의 방식은 태생적일 것이다. 존재 양식을 어찌 옳다 그르다 하랴.

여러 해 전 발목 골절로 수술을 받고 통증을 완화하려고 무통 주사를 맞았던 기억이 난다. 통증이 없어진 게 아니라 못 느낀 것이다. 그땐 의술이 참으로 고맙게 생각되었다. 이제 다리의 신경계 고장을 생각하노라니 몸과 마음에서 통증을 느끼지 못한다면 죽음에 대처할 수 없음을 절감한다.

사는 것은 통증을 느끼는 일이 아닐까. 늘 피하고 싶은 통증이 때

론 간절해지고 감사의 대상이 됨은 생의 역설이요 운명이란 생각에
도 이른다. 중요한 건 의미 부여일 테다. 긍정의 시간으로 생이 채
색되길 기도한다.

자연 속에서 생기를 얻는다. 살아가지 않는 게 없다. 살아가라 하
지 않는 게 없다.

(2019)

작품평설

도저到底 · 유현幽玄한 사유로
인간과 생명의 근원을 언술하다

– 수필집『살아가라 하네』를 통해 본 정복언의 작품 세계

東甫 김길웅 (수필가 · 시인 · 문학평론가)

1_

수필시대가 도래했다. 읽고 쓰며 함께 환호하고 고뇌한다. 소외 받던 어둔 시절의 그늘을 걷어 내고 수필이 장르의 중심에 섰다. 이 쯤에서 표정 관리라도 해야 하는 것 아닌가. 찬연한 뒤엔 반드시 책무가 따른다.

수필이 기능적으로 작동해야 할 때다. 늘 붙박아 바라보던 시각에서 떠날 수 있어야 한다는 의미다. 고정관념의 속박으로부터 해체 · 일탈할 때 비로소 문학으로서의 작품성이 발양된다. 수필은 좌정관천의 좁은 시야에서 벗어나 좀 더 먼 데, 고차적이고 고양된 인간 탐구의 세계를 지향할 수 있어야 한다.

누구나 느끼고 생각할 수 있는 것, 누구나 쓸 수 있는 것을 쓰는 것은 소모적 · 비생산적 도로에 불과하다. 저 높은 곳을 향해 함성을 내질러야 할 때다. 어정뜬 몰지각함과 습속으로 퇴락한 해묵은 나태와의 결별을 선언할 수 있어야 한다는 말이다.

비판 없는 기성의 승계와 답습은 수필에 대한 중대한 무례요 모독이요 죄업이다. 전대의 무기력을 과감히 털어낼 수 있는, 언어를 향한 타오르는 열정과 무한 신뢰가 요구되는 시점이다. 수필가는 보통사람이되 작가로서 특별한 사람이어야 한다. 한 편의 작품에 대해 책임을 다해야 하는 운명을 스스로 선택한 자이기 때문이다. 그의 선택이 온전히 문학적 가치로 발현하려면 항다반사처럼 늘 해오던 것—매너리즘을 탈피하고 그에 길항하고 거부해야 한다. 불타는 언어의 에너지로 한 세계를 파괴할 수 있어야만 한다.

수필은 아무렇게나 무턱대고 되는 문학이 아니다. 어제가 오늘이 아니듯 어제의 수필이라고 오늘에 기득권으로 자리 매김 될 수는 없다. 사물과 삶을 어떤 조합으로 어떻게 재구성하느냐, 또한 얼마나 더 유의미하게 해석하느냐는 것, 곧 인식과 사유의 문제가 수필에게 주어진 핵심 과제가 될 수밖에 없다. 그만큼 인간과 사물에서 새로운 의미를 발견하는 정신의 가열㷝烈한 노역, 그것이 이뤄 놓은 빛나는 성과가 수필로 돼야겠다는 뜻이다.

이쯤에서 인간과 사물을 통찰하고 인식하는 방법이 문제가 될 것이다. 대체로 뭇 예술은 관법觀法에 따라 사물과 삶에 대한 해석이 사뭇 달라진다. 기존의 상투적 접근에서 어떻게 탈피하느냐 하는 것, 철학적 사유도, 모든 생명이 평등하다는 명제도 기존의 통념을 철저히 깬 관법에서 나온다. 이 같은 관법이 개별적 사물이나 다양한 삶의 국면과 부딪칠 때도 얼마든지 탄력적으로 기능한다고 믿는 것은 문학에 대한 보편적 신념에 닿아 있다는 증거다.

나는 정복언의 첫 수필집 『살아가라 하네』에서 작가적 개성으로서 그의 대상물에 다가가는 특유의 관법과 조우할 수 있었다. 사물과 삶에 대한 그러한 그의 접근법은 깊은 사유의 토대 위에 반석같이 탄탄했고, 그 근원 또한 웅숭깊어 도저到底·유현幽玄했다. 그의 사유는 놀랍게도 인간과 생명의 근원에 깊이 닿아 있다. 수필가로서의 그의 관법은 그만의 소우주로 이고 앉아 정신 노작으로 끊임없이 준동하면서 도약을 꿈꾸고 있어 수필이 창의적 열기로 충만하다.

고심 끝에 글제를 〈도저·유현한 사유로 인간과 생명의 근원을 언술하다〉라 했다. '근원'을 놓고 '원형'과 한판 씨름을 벌였음을 밝힌다. 원형은 원초라 눈이 미치지 않게 심원深遠해, 그쪽으로 가는 뿌리라는 시각에 머물러 근원이 됐다. 종국엔 어금버금하니 별반 차이가 없을 듯하다. 이는 정복언 수필 세계가 축성築城해 온 치열한 저간의 역정과 문학적 성과를 하나의 단문으로 함축한 것이 된다. 전체를 반영한 '단면斷面'으로 보면 좋겠다. 상세화하지 않더라도 그의 수필에 대한 압축된 평가가 되리라 확신한다.

2_

　　과실나무와 꽃나무를 파는 가게에서 목단을 만났다. 봉오리
조차 맺지 않은 어린 화목이다. 빨간 겹꽃이 핀다는 주인의 말
에 한 그루 사고 시장을 빠져나왔다. 집에 오자마자 정원의 양
지바른 곳에 삽질하고 싶었다. 넉넉히 물을 주며 잘 가꾸겠노라
고 속삭였다. 이로써 내년 봄을 기다리는 설렘 하나 간직하게
됐다. 살아갈 활력이라도 숨겨 놓은 기분이다. (중략)

　　한 아저씨가 망사에 무언가를 담고 지나다가 혼잣말을 했다.
관상용 가지인데 방울들이 노랗게 익으면 볼 만하다며 키워 길
가에 심겠노라 한다. 한 개 주면 안 되겠냐며 용기를 내었더니
마른 열매 세 개나 건네줬다. 횡재한 느낌이었다. 뜰에 심으니
삶의 활력 하나가 또 생겼다.

　　삶도 시들지 않게 가꿔야 한다. 하고 싶은 일에 몰두하는 것,
기다릴 일을 만드는 것, 이런 것들이 삶의 버팀목이다.

　　　　　　　　　　　　　　　　　　　　—〈삶의 생기〉 부분

　　봄꽃 사러 오일장에 갔다 빨간 겹꽃이 핀다는 주인의 말에 한 그
루 사고 와 정원에 심는다. 물 흠뻑 준 뒤 잘 가꾸겠노라 속삭인다.
단순한 행위가 아닌, 일 년 뒤 봄을 기다리는 설렘 하나 간직하려
한 것으로 진즉부터 꽃나무에 말을 걸고 있다. 관상용 가지 열매를
얻어 뜰에 심고 있다. 이 또한 단순하지 않아 삶의 활력 하나가 생
겼다 말한다.

정복언은 본래 자연하고 유정한 것 그런 것이면, 작은 생명 어느 하나에도 가슴 설레고, 메말라 가는 정신에 활력을 불어 넣는 생래적으로 예민한 감성을 지닌 작가다. 삶의 생기를 잃지 않으려는 것. 일에 몰두하면서 무언가 기다림을 위한 방편이 아니면 자기최면일는지도 모른다. 꽃을 보면 그냥 좋다. 설렘이 있고 그것에서 활력을 느끼기 때문이다. 화자는 끝 문장에서 이를 일러 '작은 것에도 생기 돋는 아름다움'이라 했다. 그에겐 여상한 삶의 모습이겠는데도 곱씹어 읽으니 예사롭지 않다.

하긴 뭇 푸나무들도 돌보다 보면, 이들이 마치 읽어야 할 경전이란 생각이 들기도 하는 법이다. 그것들은 작아도 한 질서로 존재한다. 그들에게도 인간 못잖은 내면세계의 원리나 정연한 도리가 쟁여 있는 탓이다. 놓쳐서 안될 것이 정복언은 사물에서 그걸 놓치지 않고 찾아내 삶의 준거로 알곡을 가을걷이하듯 거둬들인다는 사실이다.

봄 햇살 내리는 오전, 마당으로 나가 종냥꽃과 눈을 맞춘다. 손님에게 차를 대접하듯 꽃향기가 나를 에워싼다. 티끌 하나 묻지 않은 저 하얀 순수. 고통을 수용하면 저리 아름다울까.

댕그렁 댕그렁.

하얀 꽃종이 운다. 가식이나 왜곡이 없는 종소리다. 꾸미지 않고 희로애락을 토해 내고 진리를 설파한다. 찰나를 노래하고 때론 긴 서사를 풀어내기도 한다. 소통의 달인이며 언어의 마술

사다. 살포시 지상으로 내려오는 천상의 소리, 눈으로 보며 전
율한다.

울지 않을 수 있으랴. 살아 있는 것은, 아니 존재하는 것은 종
처럼 몸으로 울어야 한다. 하늘이 울고 땅이 울고 산과 바다가
울고 꽃과 나비가 울며, 소리들이 모여 화음이 되고 종국에는
소실해 침묵이 된다.

꿈은 구도자다. 긴 시간을 침묵으로 묵상하다 깨달은 진리를
울음으로 전한다.

—〈꽃종이 울다〉 부분

단순한 파문이 아니다. 화자의 순수 지향이 굽이굽이 소리로 번
지며 가파르게 흐른다. 사랑의 복음을 온 뒤에 택배 하는 영혼의 소
리이기라도 한가. 딱히 종소리 같은 언어의 파장이 난장이 되더니
소리가 소리를 불러내 소리의 사태다. 고통을 수용하면 저리 아름
다울까 싶더니 꽃종이 울어 희로애락을 토해 내고 진리를 설파한다
하고선, 찰나를 노래하고 긴 서사를 풀어낸다 했다.

소리가 미치지 않는 곳이 없음을 소통의 달인, 언어의 마술사라
한 데서 정복언 수필에 시적 메타포metaphor가 유효적절하게 배
치되고 있음이 여실해졌다. 시인의 은유가 수필에 양질의 영양가를
공급하고 있는 것이다. 이어지는 많은 울음의 연유로 깨어나는 것
이 '수도자'로서 마침내 묵상에 이른다. '찰나'와 '긴 서사'라 한 역
설은 수필문장이 추구해야 할 궁극의 기법이 아닌가. 흡사 감성의

바다에 배를 띄운 것 같다. 곱씹다 보면 그 긴 여운에 숨이 막힐 지경이다.

아주 천연덕스럽게 시와 수필의 경계를 허물고 있다. 경계를 허물면 처음 낯설어하다 종당엔 마음을 열고 영혼이 눈을 반짝이며 받아들이게 된다. 퓨전은 융합의 전리품으로 앞으로 나아갈 방향성을 제시함으로써 수필과 시, 두 장르 모두에게 미래비전이 될 것이라 믿는다.

온종일 눈이 내린다. 분재들이 눈꽃을 피워 재주껏 마당을 꾸미고 있다.

추억과 뒹굴다가 평소보다 늦게 잠자리에 들었다. 등만 대면 찾아오던 잠이 어디 갔을까. 자고 깨기를 반복하며 잠을 설치다 하릴없이 자리에서 일어났다. 시계를 보니 세 시가 조금 넘었다. 커튼을 밀치고 창밖을 보니 그새 눈이 더 쌓여 수북하다. 마당으로 나선다. 농밀한 고요함과 아늑함이 짙게 밀려온다.(중략)

수수비를 집어 들고 분재의 나뭇잎에 쌓인 눈을 털어낸다. 소나무 주목 향나무 같은 상록수들이 무거운 짐을 내려놓은 듯 홀가분한 표정이다. 생명을 보듬고 싶은 내 마음을 읽었을까. 하얀 눈 속에서 푸른 잎이 내뱉는 숨소리가 들리는 듯하다.

—〈눈雪에 끌려서〉 부분

정원 마당에 수북이 쌓인 눈을 매개로 아름다운 설야의 서정을 담아냈다. 속설에 무정 눈에 잠이 오랴 한다. 눈 내리는 밤에 무심히 잠들지 못하는 화자의 상념이 쌓인 눈만큼이나 순일하다. 단지 그러한 게 아니었다. 이 밤, 이 눈을 어떻게 견뎌내고 있을까. 정복언에게 평소 아이를 품어 어루만지듯 손질하는 정원의 분재들이 다들 고스란히 들어와 있다. 도무지 잠을 이루지 못해 기어이 비를 들어 분재 나뭇잎에 덮인 눈 무더기를 털어낸다. 그러면서 자신의 속내를 감추지 않고 '생명을 보듬고 싶어'라 실토한다. 그런 연후 자신의 마음이 정화되기를 소망한다.

눈 쌓인 겨울밤의 그 순정한 분위기를 '농밀한 고요함과 아늑함'이라 한 묘사에서 쉬이 눈을 떼지 못하겠다. 화자가 자리를 틀고 앉은 질서의 자락이 하도 은밀하매 공허하리만치 그 내면 공간이 넓고 사유는 깊다. 작가의 내공이 빛나고 있어 바라보니 한군데 흠결이 없지 않은가.

주변의 나무들은 푸른 잎으로 생기가 넘친다. 그간 분화구를 젖줄로 허기를 모르고 자란 듯하다. 자연은 만물의 어머니여서 수목을 키우고 사람의 시름을 잦게 한다.

되돌아선다. 길을 잘못 들면 오를 때도 내릴 때도 꽃을 못 보는 법. 내 생의 길섶엔 무명초 한둘이라도 피어날까. 도란거리며 하산하는 걸음이 가볍다. 아들이 예약한 맛집을 향하며 자동차도 신난다.

초록빛 가슴으로 세상을 안아야지. 내가 웃어야 거울도 웃는
다지 않는가. 햇볕으로 등 데우며 행복해야겠다.

빛과 색과 소리로 난장인 오월, 사랑한다는 말도 하며 칭찬
받은 고래처럼 살아 볼 일이다.

—〈초록빛 가슴으로〉 부분

도입에서 '오월이 초록빛으로 낭창거린다. 뭇 생명이 네가 있어
내가 있노라고 반갑게 껴안는다. 황홀하다.'로 초록빛을 향해 한 발
내딛는다. 그래서 제대로 발 닿은 곳이 물영아리오름. 이렇게 도입
에서부터 산행이란 기미를 굳이 들추지 않는다. 기행의 수필로서의
작품성을 염두에 두었을 법하다.

먼저 부모님 산소에 큰절 올리며, 몇 달 전 유명을 달리한 어머니
회상에 잠긴다. 개민들레 군락을 지나고, 줄지은 새우란을 보고, 걸
음걸음 아들이 곁에 있어 듬직해 하면서, 달팽이 걸음으로 쫓아오
는 아내에게 건네는 격려의 한마디 '힘내세요.…'

눈앞 메말라 버린 습지의 황량함에 가슴 에다 이른 곳, 분화구. 젖
줄이 되고 있다. 푸른 나무들의 생기. 푸른 생명의 계절 오월에 가
슴 가득 세상을 품는 화자다. 이어지는 빛과 색과 소리로 미만한 오
월 속의 행복감. 그 근원인 인간과 생명의 원형으로서의 자연을 한
가득 끌어안고 있다. 모처럼 통속을 떠난 자연 속으로 아내와 아들
이 함께한 가족의 동행이 눈길을 끈다.

얼마 전 몇 개의 비속한 식물명을 예쁜 말로 개명했다는 기사를 읽었다. 개불알풀을 봄까치꽃, 며느리밑씻개를 가시모밀, 소경불알을 알더덕, 중대가리나무를 구슬꽃나무로 바꿨단다. 아름다운 이름을 얻어 환하게 웃으며 더덩실 춤추는 모습이 연상된다.

동네 어귀에 새로 2층 건물이 들어서더니 아래층에 카페가 생겼다. '12월'이란 상호를 달았다. (중략)

12월, 12월…. 몇 번이고 되뇌어 본다. 인생의 겨울 길목에 들어서는 나를 부르는 것만 같다. 문학의 향기가 배어나는 듯도 하다. 알 수 없는 궁금증이 생겨 엊저녁에는 캐주얼 복장을 한 채 혼자 문을 열고 들어섰다. 넓은 공간에는 손님이 아무도 없었다. 침묵만이 천장에 매달린 이름 모를 화초 줄기들과 놀고 있었다.

화장기가 풍기지 않는 소박한 얼굴의 젊은 여주인에게 상호를 짓게 된 연유를 물어보았다. 12월에 탄생한 부모님을 기념하는 의미라고 한다. 아울러 열두 달은 열두 개의 달을 모두 품는 달이니 만사형통을 기원하는 의미라고 덧붙인다.

—〈작명〉부분

우리 수필에 해학이 빈곤하다는 지적이 있다. 해학은 서술에 건강한 에너지를 공급해 문장을 생동하게 활력을 주는 것이라 늘 아쉬운 부분이다. 한데 정복언이 메마른 밭이랑에 관개하듯 그 해학의 물꼬를 대고 있어 참으로 신선하다. 작명을 꼬투리로 쏟아놓은 개불알풀, 며느리밑씻개, 소경불알…. 웃음보를 터뜨리게 하지 않는가. 정복언 수필이 이런 해학을 자양으로 비옥해질 가능성이 엿보여 눈이 오래 머무른다. 그가 앞으로 쓰게 될 창조적 수필의 복선에 대한 즐거운 예감일지도 모른다.

유머로 그렇게 운을 떼더니 이내 '12월', 그윽한 사유의 깊이로 가라앉는다. '작명'이란 모티프가 풀 이름에서 동네에 들어선 카페로 이어진 것은 순전히 정복언의 수필적 영감에서 연유한 것으로 실로 무릎을 치게 하는 대목이다. 이런 전후의 유기적 맥락과 결부, 양자의 이런 조합, 이런 만남이라니. '12월'의 의미 유별함을 지레 내다본 발길이었을까. 차 한 잔 앞에 놓고 내심, 자신이 12월을 살아온 인생의 의미를 되새김했으리라.

사월 둘째 주일, 드디어 어머니가 '사비나'라는 세례명으로 다시 태어나는 날이다. 아침 일찍부터 주님께 감사 기도를 드리고 설레는 마음을 진정시켰다. 말쑥하게 옷을 차려 입고 아내와 함께 고향의 성당으로 향했다.

어머니는 진달래색 스웨터와 자주색 바지를 입고 회색 목도리를 두르고 진회색 베레모를 쓰고 하얀 운동화를 신으셨다. 현 상황에선 최선의 몸차림이었다.(중략)

미사가 끝나자 초조하던 시간이 안도감으로 바뀌었다. 연이어 두 명의 유아와 함께 구순을 넘어선 아기가 합류했다. 신부님은 절차를 따르며 유아세례를 주고 어머니의 이마에도 성호를 긋고 마침내는 모자를 벗으신 머리에 하얀 미사보를 씌워 주셨다.

눈가를 적시지 않으려고 준비한 시간인데, 한사코 알 수 없는 무언가가 내 가슴으로 스며들며 강물로 흘렀다.

—〈어머님의 세례〉 부분

구순 노모님 세례미사 장면이다. 상상하건대, 조바심하며 고민 끝에 이뤄진 의식일 것 아닌가. 세례를 위해 곳곳이 색색이 갖춘 옷매무새에 머리에 쓴 진회색 베레모가 뭇 시선을 압도했겠다. 두 명 유아와 함께한 '구순 아기'의 합류에 울렁거리기 시작한 가슴이 영 진정 기미가 없다. 천주교 미사라 하나 지상에 이런 장엄한 의식이 또 있을까. 정복언은 어머님을 위해 치러진 유아미사를 성당에서 목전의 현실로 확인하며 감회가 벅찼을 것이다. 의식을 집전한 신부님이 어머님 이마에 성호를 긋고 하얀 미사보를 씌워 주는 그 극적인 장면에 숨죽여 오열했을 것 아닌가. 그러나 그는 '무언가 내 가슴으로 스며들어 강물로 흘렀다.'고 우회적 화법으로 에둘렀다. 주체할 수 없는 속울음에 눈물을 흘리면서도 그 눈물을 보이지 않은 그의 지독히 결곡함. 슬프되 겉으로 그 슬픔을 보이지 않으니, 애이불비哀而不悲다.

① 주검 옆에는 유서가 남겨 있다. 나는 먼저 스마트폰 카메

라로 촬영하여 기억상실에 대비한다. 고대인이 남긴 상형문자를 고고학자들이 연구하듯, 기억의 저장고에서 그 현장을 꺼내어 며칠째 의미를 캐고 있다.

② 커다란 민달팽이 한 마리가 회색 시멘트 바닥 위에서 최후를 맞았지 않은가. 그것만이라면 집게를 들고 와 마당의 구석진 곳으로 치우고 말았을 것이다. 그러나 주검 옆에는 한 생을 마무리하며 유서를 남겼으니, 도저히 미물 취급을 할 수가 없었다.

③ 민달팽이의 느린 걸음을 생각하면 아침 일찍 출발했으리라. 어떻게 사하라사막 같은 곳을 횡단할 원대한 꿈을 키웠을까. 젖과 꿀이 흐르는 이상향을 찾아 나섰던 것일까.

④ 우리는 어디서 와서 어디로 가는지 모른다. 그것만으로도 생은 충분히 흥미를 촉발한다. 내일이라는 시간이 무얼 들고 내게 다가오려는지 궁금하기도 하고 설레게도 한다.

⑤ 세상 어느 것이나 유일하다는 생각에 이르면 관심을 기울여 사랑해야 할 당위를 얻는다. 하물며 인간임에랴. 그런데도 나를 얼마나 사랑했는가, 돌아보니 미안함이 깊다. 늘 부족하고 못난 존재, 불만스러운 환경과 가파른 운명, 어느 하나도 나를 포근하게 감싸지 못한다고 내심 자학도 많이 했다.

⑥ 민달팽이의 유서를 해독해 본다.

'무겁게 길을 걸었네. 마지막에 이르러 동행하는 숨결을 느끼네. 아름다운 발자국을 남기시게나.'

문상객처럼 서서 민달팽이의 죽음을 생각하노라니, 자연이
　사방에서 우릴 응시한다.

—〈민달팽이의 유서〉 부분

　나는 이 작품을 정복언 수필의 대표작으로, 그 앞줄의 맨 앞에 세
우려 한다. 마치 한 사람 생애의 백서白書를 읽듯 시종을 훑고 돌아
와 그것을 민달팽이라는 매개체의 유서로 치환한 착상과 기법이 신
선하고도 기발하다. 이제 수필도 이제까지의 고착된 틀, 낡은 기법
을 넘을 수 있어야 한다. 고행苦行으로 얻었을, 쉽지 않은 착상이 놀
랍다. 또 구성이 이로理路 따라 정연한 점 또한 간과할 것이 아니다.
　글씨를 잘 쓰려면 쓴다는 생각 없이 써야 한다. 고졸古拙에 이르
는 길이다. 하지만 거기까지 가기는 그 도정이 무척 멀고 험난하다.
그런데 이 수필은 무심결 그렇게 썼다. 써진 것이다. 화자가 그렇게
길을 걸었다. 걸은 것이다.

① 처음부터 산에 올라 유서 앞에서 인간을 굽어보고 있다. 추론
　하려는 의중이다.
② 한 생을 마무리하고 있는 유서를 목도한 화자, 무심할 수 없었
　다.
③ 이상향에의 희구를 꿈꾸었을 것이란 상상을 하고 있다.
④ 인생은 불확실한 데서 흥미롭고 설레게 하는, 그래서 살 만한
　그런 무엇이다.
⑤ 감싸지 못하고 자학해 온 것에 대해 회오와 죄책을 토설한다.

⑥ 마침내 유서를 해독하기에 이른다. 누구의 묘비명 같다.

> 여느 때처럼 아내는 부엌에서 혼자 제수를 준비하고 있다. 과일을 씻고 돼지고기와 쇠고기로 산적을 만들고 갖가지 전을 부친다. 콩나물과 고사리나물도 준비한다. 그러면서 내게 말한다. "당신은 나보다 먼저 돌아가야 해요."
> 몇 년째 듣는 말이다. 내가 아내의 말뜻을 왜 모를까. 때론 다투기도 하고 갈등도 빚으면서 엮어 온 삶이 사랑의 자양분 되어 내 아픔을 삭여 주었다. 아내의 손을 잡는다. 이 따스한 손이 체온을 잃는다면 나로서는 밀려드는 고독을 감당할 수 없을 것이다. 부부가 오래도록 함께 걸을 수 있다면 얼마나 큰 축복인가. 나는 고맙고도 감사한 마음으로 아내의 얼굴을 바라본다.
>
> ―〈이슬의 강〉 부분

부부는 인생길의 반려다. 한평생 간난고초를 함께해 오며 정들어 흐드러진 사이다. 젊은 시절엔 풋풋하게 연정이니 애정이니 하다 늘그막에 이르면 성숙해 '인간애'가 된다. 일심동체란 말은 결코 평범한 말이 아닌, 실체로서 절대 진리다. "당신은 나보다 먼저 돌아가야 해요." 살아 내기 어렵다는 하루하루를 생살 찢는 것에 빗대는 말년의 혼자되는 고독, 여자는 혼자가 돼도 견뎌내나 남자는 힘들다 한다. 세상에, 아내 말고 이런 말을 과연 누가 할 것인가. 단언커니와 헌신적인 사랑의 화신, 아내만이 할 수 있는 말이다.

내외간에 주고받는 대화 그리고 서로 간 쳐다보는 눈빛에 한 생이 그림자처럼 잠겨 있다. 아름답고 애절하니 처연하다. 정복언은 정녕 아내에게 무언가를 주고 싶어 하고 있다. 마음만 있으면 어렵지 않다. 어느 철학자는 '진정한 선물 행위는 받는 사람의 기쁨을 상상하는 기쁨'이라고 했다. 사랑하는 사람이 있고 사랑할 수 있다는 것은 그것만으로 행복이요 축복이다.

구순을 몇 년 넘긴 긴 생애를 사시면서 고통을 이겨낸 힘의 줄기는 오직 자식 사랑임을 절감한다. 이제 다 내어주고 몸이 마른 잎처럼 변하는 날까지 의식의 밑바닥에 남아 있는 저 허기짐. 한평생 당신의 배고픔을 자식 걱정으로 채우신 분, 어머니! (중략)

어머니의 숨결 같은 홍옥을 들여다본다. 어찌 그 마음을 다 헤아릴 수 있을까. 영영 이곳을 떠나면서 생을 소명해야 한다면, '자식 사랑하다 가노라.'고 어머니는 주저 없이 말할 수 있으리

오래 보아야 사랑스럽다는 어느 시인의 말을 떠올리며 긴 시선을 보낸다. 석류의 꿈을 읽는다. 겸손하게 살면서 사랑으로 가슴을 터뜨리는 것 그리고 생명 창조의 손길에 감사하는 마음을 배운다.

―〈석류의 꿈〉 부분

마당에 뿌리 내린 석류나무에 어머니의 모습을 포개고 있다. 생의 의미를 많은 열매를 맺는 모습에서 찾는 것 같은 석류나무에서 왜소한 체구에도 6남 2녀를 낳아 기른 어머니를 동일시한다. 화자는 어머니에게 매달려 젖 달라, 옷 달라, 학비 달라 졸라대던 모습을 석류나무에 올망졸망 달려 흔들리는 열매에 빗댔다.

정복언은 석류나무에서 어머니를 발견하면서 줄곧 양자에서 동질성을 정독해 온 게 분명해 보인다. 그러니까 석류의 꿈 곧 화자의 꿈이다. 정원의 석류나무를 바라보며 콧등이 시큰둥했으리라. 화자는 급기야 어머니의 체온이 석류나무에 묻어 있는 듯하다고 술회한다. 주체인 화자와 객체인 석류나무가 하나가 된 주객일체의 경지, 감정이입의 극치다.

사람들에 의해 철저히 버려졌거나 잊힌 것들을 찾아내 본래의 자리로 데려다 놓는 작업이 수필쓰기다. 그것이 체험이든 사물이든 아니면 홀연히 나타났다 사라지는 신기루 같은 것이든 하나의 환상이 됐든 우리 곁에 분명 존재했거나 존재하고 있음에도 거들떠보는 이 없을 때, 그 존재의 가치를 직시하고 그 의미를 수납하는 경건한 눈, 정복언은 바로 그 '자득自得의 눈'을 가진 작가다. 마당에 뿌리 내린 석류나무에서 어머니를 발견한 그 눈이야말로 진정 어린 수필가의 눈이다.

여러 해 전 발목 골절로 수술을 받고 통증을 완화하려고 무통주사를 맞았던 기억이 난다. 통증이 없어진 게 아니라 못 느긴 것이다. 그땐 의술이 참으로 고맙게 생각되었다. 이제 다리의 신경계 고장을 생각하노라니 몸과 마음에서 통증을 느끼지 못한다면 죽음에 대처할 수 없음을 절감한다.

사는 것은 통증을 느끼는 일이 아닐까. 늘 피하고 싶은 통증이 때론 간절해지고 감사의 대상이 됨은 생의 역설이요 운명이란 생각에도 이른다. 중요한 건 의미 부여일 테다. 긍정의 시간으로 생이 채워지길 기도한다.

자연 속에서 생기를 얻는다. 살아가지 않는 게 없다. 살아가라 하지 않는 게 없다.

ー〈살아가라 하네〉 부분

표제작이다.

'살아가라 하네', 도대체 어떻게 그러라 함인지 도시 그 힘의 근원이 궁금했다. 아내에게 "여보, 희로애락이 내게서 모두 떠난 모양이오."라더니, '재앙'이라 했기에 당연히 갖게 되는 의아함이다. 그렇잖은가.

이런저런 잔병치레를 늘어놓더니, 숯덩이처럼 타 버리고 싶다는 극단에 이르렀는데, 정복언에게 별안간 힘이 불끈 솟는다. 묵묵히 살아가는 초록들이 들고 일어나 응원하는 게 아닌가. 낙과하면서도 올망졸망 열매를 다는 감나무, 잎겨드랑이에 봉긋봉긋 열매 맺는 무화과나무, 허공에 불 밝히는 배롱나무, 떨어지면서도 다시 열리는 호박의 질긴 생명력, 죽은 체하며 위기를 모면하는 대벌레…

정복언은 자신에게로 돌아와 통증을 느끼지 못하면 죽음에 대처할 수 없음을 절감한다. "통증이 때론 간절해지고 감사의 대상이 된다," 한 것은 단순한 관념이 아니다. 그의 사유가 탐색하고 검증해낸 고뇌의 역설이요 철학이다. 긍정의 시간으로 생을 채우겠다고 한 데 그의 결지決志가 빛난다. 이렇게 심오한 철리를 단단하고 체계적인 틀로 엮은 글이라, 앞의 〈민달팽이의 유서〉와 함께 대표작 반열에 얹고자 한다. 설정해 놓은 인생에 대한 해맑은 명제 앞에 가슴 먹먹하지 않은가.

문득, 읽으며 감명으로 남는 전반부의 구절 하나를 이제 꺼내들어야 할 차례다.

"사람은 자식을 두어서야 비로소 어머니를 부르며 흔들리는 뿌리가 된다."

3_

수필의 문학성이 화두가 된 지 오래다. 수필에 문학으로서의 작품성이 결핍하다는 지적이다. '그 나물에 그 밥이라거나, 라면 먹고 이빨 쑤시는'이라고까지 비하했다. 문학의 엄연한 장르이면서도 문단의 중심부에 진입하지 못한 채 변방에 소외됐던 해묵은 기억이 더친다. 작가의 체험이 언어의 매개로 제재가 되는 언어예술이 문학이다. 따라서 문학성 혹은 작품성은 당연히 문학의 근본인 언어를 부리는 수단과 방법에서 찾아 마땅하다. 아울러 다양한 언어구사로써 문학의 예술적 표현에 도달할 수 있어야 함은 물론이다.

작품에서 인간존재와 삶의 다양한 의미가 함축적으로 내포됐으면서, 그것이 미적 가공을 거쳐 예술적으로 변용할 때 축적되는 고도의 가치를 '문학성'이라 할 것이다.'도저·유현한 사유로 인간과 생명의 근원'을 탐구했다면 이야말로 단연 수필의 문학성으로 충만한 게 된다. 여기다 '함축성' 혹은 '애매성'을 도외시하지 못한다. 함축성은 가능한 한 언어의 양을 줄이면서 문장의 함의含意를 극대화하는 방식이고, 애매성은 언어가 지니는 본래의 모호함에서 한 층위 끌어올려 복합적 의미구조를 띠게 하는 입장임을 말한다. 절제된 최소의 언어로 가장 큰 의미를 담아내는 것, 장르를 초월해 문학에 있어 언어 절제는 최고의 덕목이다.

존재론적으로 작가는 매우 고독하다. 문학은 혼자 하는 것이니까 외로울 수밖에 없다. 자기만의 공간에서 자신을 응시하면서 삶과 결부해 인간과 생명의 근원을 사유로 천착한 성과물로 얻어지는 게 문학이기에 그러하다.

정복언의 수필을 읽다 보면, 언뜻 언어의 숲속에 들어선 느낌을 받는다. 그 숲속은 나무와 풀이 빽빽하고 공기가 맑아 한두 번 흡입으로 경이로움에 빠져든다. 또 싱그러운 숲을 이뤄 놓은 수많은 종種들에 놀라게 된다. 어휘의 풍성함에서 오는 포만감이다. 길고 짧은 문장의 혼합, 논리를 품은 어휘의 무게, 단아하게 앉아 있는 순수어의 정갈한 맵시, 메마른 어감을 희석시키는 반듯한 비유…. 다변적 언어 사용이 상승작용을 일으키며 갖가지 의미를 분출한다.

선후를 구분하며 정복언 문학의 뒤꼍을 뒤적여 봤다. 시 등단『文

學광장. 2016.』, 수필 등단『현대수필. 2017.』. 앞서거니 뒤서거니 그러나 선후를 세우면 수필 이전 분명 시였다. 수필이 시적 감성과 서정적 정서로 넘치는 이유가 거기 있었다. 비근하게 글은 사람이라 한 뷔퐁의 말을 떠올리게 된다. 정복언의 수필 속엔 그의 일상과 숨결과 표정과 체온이 한 작가의 개성으로 고스란히 녹아 있다는 뜻이다.

소설은 주인공을 내세워 여러 가지 캐릭터를 설정하지만, 수필은 작가의 목소리밖에 내지 못하는 자기고백의 문학이다. 수필은 도道를 닦는 작업이라 한 이유가 여기 있다. 속된 말을 쓸 수 없고 품격도 갖춰야 되고, 그런즉 격이 없는 수필은 이미 수필이 아니다. 먼저 사람이 돼야 한다 한 것은, 정복언 작가를 두고 한 말이 아닐까.

정복언 수필이 일일신日日新하고 있다. 등단 이력이 일천함에도 그의 필력이 날개를 다는 걸 보면, 등단 커리어와 문학성이 정비례하지 않는 것 같다. 그는 일찍 시작한 사람이 0에서 이미 출발했으니, 자신은 단박 50에서 출발하리란 로드맵을 완성해 놓고 저벅저벅 걸어가고 있음이 틀림없다. 그의 문학이 일취월장하는 이면엔 이런 각고刻苦의 애끓는 숨결이 숨어 있다.

마지막으로 덧대고 싶은 고언 한마디다. 정면으로 적시하겠다. 정복언의 수필에서 불필요한 수식이 눈에 띄는 것 같다. 수식에 기울다 보면 문장이 자칫 미문에 흐를 개연성을 배제하지 못할 뿐 아니라, 종당에 언어의 절제라는 미덕을 외면하는 우를 범할 수 있다. 그렇다고 단조하게 가라는 얘기는 결코 아니다. 가능한 한 군말, 군

수식을 덜어 줌으로써 깔끔하게, 단정하게 하면 어떨까 하는 것이다. 문장도 디자인이다. 데생하거나 설계하면 되는 일이다. 수필문의 본래성은 간경簡勁한 서술에서 그 경제적 효율성이 확보된다. 수필에서 간결체만한 문체가 없을 것이다.

수필의 옷은 이를테면 청바지 같은 것이면 딱 좋다. 가탈없어 쉬입을 수 있으니 실용적이면서 홀가분하다. 수필이 혹여 난해하면 독자가 떠난다는 사실을 잊지 말아야 한다. 독자가 떠나 버린다는 것은 수필의 존재를 흔드는 결정적 손실이 아닐 수 없다. 가급적이면 늘 쓰는 쉬운 말, 일상에서 주고받는 구어체의 수필을 반듯하게 세워나갔으면 하고 주문한다. 참고하기 바란다.

5천여 대한민국 수필가의 작품을 산더미로 쌓아 놓아도 나는 이제 정복언 수필을 적확하게 끄집어들 수 있을 것 같다. 그만큼 그의 문장은 개성적이고 정감적이면서 흡인력이 강하다. 더 좋은 수필이 기대되는 소이所以다.

살아가라 하네

정복언 수필집

초판 1쇄 인쇄 | 2019년 9월 20일
초판 1쇄 발행 | 2019년 9월 30일

지 은 이 | 정복언
펴 낸 이 | 노용제
펴 낸 곳 | 정은출판

출판등록 | 2004년 10월 27일
등록번호 | 제2-4053호
주   소 | 04558 서울시 중구 창경궁로 1길 29 (3층)
대표전화 | 02-2272-9280
팩   스 | 02-2277-1350
이 메 일 | rossjw@hanmail.net
ISBN 978-89-5824-398-4 (03810)

ⓒ 정은출판 2019
값 13,000원